일곱 살의
그림일기

그림을 그린 이찬영은 2014년에 태어났다. 옛이야기 좋아하고, 달달한 간식 좋아하고,
벌레 잡는 것도 좋아하는 어린이다. 그림 그리는 것도 좋아한다.
글을 쓴 김단비는 마흔한 살에 처음 엄마가 되었고, 지금도 여전히 '되어 가는' 중이다.
어린이책을 만들고 있다.

일곱 살의 그림일기

첫 번째 찍은 날 2020년 10월 8일

말, 그림 이찬영 | 글 김단비
펴낸이 이명회 | 펴낸곳 도서출판 이후 | 편집 김은주 | 디자인 Studio Marzan 김성미

글 ⓒ 김단비, 2020 그림 ⓒ 이찬영, 2020

등록 1998. 2. 18.(제13-828호) | 주소 10449 경기도 고양시 일산동구 호수로 358-25(동문타워 2차) 1004호
전화 (영업) 031-908-5588 (편집) 031-908-1357 | 팩스 02-6020-9500
이메일 smallnuri@gmail.com | 블로그 blog.naver.com/dolphinbook | 페이스북 facebook.com/smilingdolphinbook
ISBN 978-89-97715-72-5 02810
이 도서의 국립중앙도서관 출판시도서목록(CIP)은 e-CIP 홈페이지(http://www.nl.go.kr/cip.php)에서
이용하실 수 있습니다. (CIP 제어번호: CIP2020035941)
이 책은 저작권법에 의해 보호를 받는 저작물이므로 무단 전재와 복제를 금합니다.
웃는돌고래는 〈도서출판 이후〉의 어린이책 전문 브랜드입니다. 어린이의 마음을 살찌우고, 생각의 힘을 키우는 책들을 펴냅니다.

이 도서는 한국출판문화산업진흥원의 '2020년 우수출판콘텐츠 제작 지원' 사업 선정작입니다.

일곱 살의 그림일기

엄마와 아이가 함께 쓰는 성장 일기

말, 그림 이찬영 ♠ 글 김단비

웃는돌고래

말로 쓰는 그림일기

아이는 여섯 살 12월에, 다니던 어린이집을 갑자기 그만두게 됐다. 한글 교육 시키지 않고, 하루 중 가장 중요한 일과는 나들이이며, 교사는 물론 친구의 부모에게도 별명을 부르며 반말을 쓰는 그런 어린이집이었다. 3년 동안 즐겁고 신나게 다녔던 어린이집을 그만두면서 아이의 하루를 온전히 책임지게 됐다.

　막막했다. 새로운 유치원을 알아보는 것이 급했지만, 행동에 잘 옮겨지지가 않았다. 그러는 동안에도 아이는 하루하루 자랐다. 산책을 하고, 그림책을 보고, 책방에 가고, 동네 뒷산을 오르고, 엄마가 하는 독서 모임에 같이 가고, 그림책 작가 강연에 가고, 어린이 요리 수업도 가고, 미술 수업도 가고, 말 타러도 가고, 자동차 전시장에도 놀러갔다. 레고를 몹시도 사랑하는 아이라, 수많은 레고를 조립하고 부수고, 전쟁을 하고, 화해를 하고, 다스베이더와 루크 스카이워커 피규어를 들고 만 번쯤 "내가 니 애비다!"를 외치는 날들이었다.

그러는 중에 하루도 빠트리지 않으려 애썼던 것은, "오늘 제일 재미있었던 일은 뭐야?" 묻고 대답을 들은 뒤에, "그림 한 장만 그려 줘!" 부탁하는 일이었다. 아이는 잔뜩 뻐기면서 "좋아, 엄마한테 특별히 한 장 그려 줄게!" 하고는 자리를 잡고 앉았다. 아이는 내가 생각지도 못한 색깔로, 나로서는 감히 상상조차 하기 힘든 구도로 쓱쓱 그림을 그려 나갔다. 아이가 그린 그림을 두고 "그래서 네 마음은 어땠는데?" "뭐가 제일 좋았어?" "속상하진 않았고?" "좀 힘들어 보이던데 괜찮았어?" 같은 걸 물어보았다. 그러고는 아이가 하는 말을 성심껏 받아 적었다. 그렇게 말로 쓰는 그림일기를 하루하루 완성해 나갔다.

"진짜 대단한데!" 아이의 그림을 앞에 두고 칭찬하던 말들은 결코 과장이 아니었다. 24시간 붙어 지내면서, 아이를 어린이집에 보내는 동안에는 미처 보지 못하고 놓쳤던 시간을 만회하고도 남는 감동의 순간들을 누릴 수 있었다.

그렇게 그림을 그리고 나면, 그날의 그림책을 골라 읽었다. 아이는 자기가 그린 그림 내용과 그림책 내용을 연결해 이야기하기도 하고, 그림책 주인공과 자신을 비교해 보는가 하면, 가만히 자기 마음을 들여다보는 시간을 갖기도 했다. 그렇게 날마다 이어지던 이야기를 엮어 보았다. 여섯 살 때 그린 그림일기 몇 편도 함께 넣었다.

3년간의 월간지 기자 생활을 거쳐, 단행본 출판 편집자로 20여 년을 살았다. 그중에 9년은 어린이책을 만들었다. 아이가 태어난 뒤로는 책을 대하는 태도가 전과는 달랐다. 내 아이에게 읽히고 싶은 책인가 아닌가를 기준으로, 아이가 "이거 우리 엄마가 만든 책이야!" 자랑스럽게 이야기할 수 있는 책을 만들려고 애썼다. 그 시간들이 아이와 함께 그림일기를 쓰게 했고, 그림책과 함께 놀게 해 주었다.

문자를 이미 익힌 어른들이 범하고 있는 흔한 오류 중 하나가 '읽기'가 되면, 즉 문자 해독이 되면 '쓰기'는 저절로 될 거라는 생각입니다. 그러나 '쓰기' 활동의 발생적 기원은 '읽기'가 아니라 '몸짓-놀이-그리기'입니다. 무작위로 휘둘러대던 그림에서, 의도를 갖고 그림을 그리게 되고, 그 의도를 문자로 쓰게 되는 것입니다.

유아기 교육에서 자신의 생각, 느낌, 의도를 많이 그림으로 표현해 보는 활동이 중요한 이유이면서 동시에 '표현하고자 하는 욕구'를 길러 주는 것이 '쓰기 교육'에서 매우 중요한 이유입니다. 문자 쓰기를 강요하는 것이 아니라 그림으로 그리는 활동으로 1학년을 시작하되, 글로 쓸 수 있으면 글로 써도 된다는 허용적 분위기가 중요한 이유이기도 합니다.

_《초등학교 1학년 열두 달 이야기》, 한희정, 이후

문자 이전에 그림이 있었다. 아이와 그림을 통해 나누었던 대화들 모두가 아이 마음 속에 성장의 싹을 틔우고 있을 것을 믿는다. "아이들의 여러 가지 표현에서 그들을 가르치는 데 없어서는 안 되는 지극히 중요한 자료를-다른 어떤 방법으로도 얻어 낼 수 없는 자료를 얻는다"고 하신 이오덕 선생님의 말씀을 기억한다.

아이 말에 귀 기울이고, 아이가 기쁘게 그어 내려가는 선에 찬탄을 보내는 것, 그것이 내가 아이와 함께 시간을 보내는 방법이었다. 물론 어려운 순간들도 많았다. 부족한 인내로 아이에게 소리를 지르거나 쉬운 길로 가고 싶어서 설득보다는 윽박지르는 순간들도 많았다. 그래도 하루의 마지막에, 아이와 마주앉아 그림을 그리고 이야기를 나누던 순간에는 내가 꽤 괜찮은 엄마처럼 느껴지기도 했다.

아이가 일곱 살이면 엄마인 나도 일곱 살이다. 같은 속도로 자라가는 우리 두 사람의 성장을 기쁜 마음으로 지켜보고 싶다.

2020년 8월
김단비

들어가며 — 4

말로 쓰는 그림일기

아이들 그림은
아이들의 말

아이의 마음에 함께 감동하자

청설모가 감을 먹고 있었는데
엄마랑 내가 보니까 도망갔어.

청설모는 나무를 참 잘 타.
이쪽 나무에서 저쪽 나무로 뛰어다녔어.

먹던 홍시 다 못 먹고 도망가서 좀 아쉬웠어.
조금 미안했어.
우리 때문에 청설모가 다 못 먹고 갔으니까.

_ 일곱 살 1월 14일

산책을 가려고 아파트를 나서는데, "툭" 소리가 났다. 까치밥으로 매달린 감홍시 하나가 떨어지는 소리였다. 청설모가 바로 달려와 먹기 시작했다. 아무래도 나무에 매달린 걸 먹어 보려다 떨어뜨린 모양이었다. 아이와 나는 멈춰 서서 청설모가 감 먹는 걸 구경했다. 작은 소리에도 놀라 도망갈 것 같아서 숨도 제대로 못 쉬었다. 바로 그때, 오토바이가 부웅 지나가는 소리가 났고, 청설모는 정신없이 나무에 올랐다. 이 나무에서 저 나무로 곡예 넘듯 옮겨 가는 청설모를 올려다보면서 아이도 나도 입을 쩍 벌리고 있었다. 날개라도 달린 듯했다. 지나가는 사람들이 그런 우리를 또 구경했다.

"엄마, 진짜 대단하다, 청설모는. 어떻게 저렇게 잘 가지?"

이 나무에서 저 나무로, 나무 타기 선수인 청설모를 한참 구경했다. 볼일 보고 집에 와서 그림을 그리는데, 아이 마음에 깃든 미안하다는 감정에 깜짝 놀랐다. 나는 그저 청설모가 감 먹는 걸 좀 더 못 본 걸 아쉬워할 줄 알았는데, 아이는 미안하다고 했다. 귀하고 고운 마음이다.

"아이들 그림은 '말'입니다. 하고 싶은 말입니다. 소리 없는 말입니다. 아이들은 하고 싶은 말을 글자로, 그림으로 마음껏 나타내면서 자라야 합니다. 그래야 아이들이 시원하게, 자신 있게 자랍니다. (…) 아이들이 하고 싶은 말을 마음껏 그릴 수 있게 해야 합니다. 아이들 말을 더 들어주려고 아이들이 한 말을 글자에 담아 놓듯이, 그림으로도 그리도록 합니다. 아이가 그림으로 그린 것은 아이들이 하고 싶은 소리 없는 말입니다. 아이들은 글자를 쓰기 앞서 그림을 그립니다. (…) 우리가 할 일은 아이가 '이거 봐, 이거' 하면서 혼자 보기 아까워서 함께 봐 달라는 거, 함께 봐 주면서 감동하는 것입니다."

_《마주이야기, 아이는 들어주는 만큼 자란다》, 박문희, 보리.

그림 역시 아이의 말이라는 박문희 선생님 이야기, 백 번 옳다. 미술 치료란 말이 생긴 것도 우연이 아니니까. 그림이든 말이든, 아이들은 하고 싶은 말을 다 쏟아내야 한다. 그걸 들어주어야 하는 것은 어른이고. 어른이 건성으로 들을 때 아이들은 입을 닫고, 손을 거둔다. 밥 먹을 때마다 "왜 엄마, 아빠는 둘이만 자꾸 말해? 나도 말할 거야. 이제 나만 말할 거야." 떼를 쓰는 아이에게 "조금만 기다려. 중요한 얘기가 있어서 그래." 하면 "싫어, 내 얘기가 더 중요해!" 하곤 했다. 그래서 얘기해 보라고 하면 레고 우주선이 어떻고, 어제 읽어 준 동화 주인공이 어떻게 됐을지 그 다음 이야기를 상상해서 들려주곤 했다. 그 이야기

가 중요하지 않다고 말할 권리가 누구에게 있을까. 그렇게 한참 들어
주고 나면 마음이 좀 괜찮아졌는지, "이제 됐어. 이번엔 엄마가 말해."
했다.

그림도 마찬가지다. 어린이집 끝나는 시간에 데리러 가면, 책상에
앉아서 그림을 그리고 있을 때가 있었다. 이제 그만 가자고 해도, "안
돼, 이거 다 그릴 거야." 하는 통에 옆에 한참을 앉아 기다려야 했다. 마
음이 다하기 전에는 말도, 그림도 멈출 수가 없는 것이 아이들이다.

청설모를 본 날 《아기 다람쥐의 모험》을 함께 보았다. "먹을 것이
없어서 / 도토리가 없어서 / 배가 고파서" 마을로 내려온 아기 다람쥐
가 사람들이 거둬 간 도토리를 물고 돌아오는 모험담을 그리고 있는
책이다. 사람들이 도토리를 집집마다 다 가져다두는 바람에 정작 산에
사는 다람쥐는 먹을 것이 모자란다는 이야기다. 사람들의 이기심도 한
눈에 들여다보이고 다람쥐의 배고픈 처지에도 안타까운 마음이 드는
그림책이다.

"청설모가 나중에 와서 감 또 먹었을까?"
모를 일이다. 그래 주었기를 바랄 뿐이다.

아기 다람쥐의 모험
신경림 글, 김슬기 그림 | 바우솔

아이가 되어 일기를 써 보세요

육아일기를 아이 목소리로 써 본 적이 있습니다. 아이의 애착 인형을 빨았는데, 아직 마르지 않은 그 인형을 안고 자겠다고 떼를 쓰는 통에 "너 자꾸 이러면 인형 내다 버릴 거야!" 하고 소리를 지른 날이었어요. 울면서 잠든 아이를 쓰다듬다가, 조금만 더 참을걸, 그러지 말걸, 후회를 얼마나 했는지 모릅니다. 그러다 일기장을 펴서 "엄마는 왜 내 마음을 몰라주는 걸까."로 시작하는 일기를 써 보았습니다. 온전히 아이 입장이 되어 일기를 써 내려가다 보니, 아이의 마음이 손에 잡힐 것 같더군요. "엄마가 아침 일찍 마중이(애착 인형 이름)를 빨았더라면 내가 이렇게 마음 아프지 않았을 거다." "나는 마중이가 하나도 안 더럽게 느껴지는데, 엄마는 왜 마중이가 더럽다고 하는 걸까, 엄마는 나쁘다." 이런 이야기를 써 내려가다 보니, 아이 눈에 비친 내 모습이 좀더 선명하게 느껴졌습니다. 그 다음부터는 인형이 혹시 조금 덜 말랐더라도 드라이어로 열심히 말려서 잠자리에 넣어 주게 되었지요.

아이 입장에서 일기를 써 본 것이 저에게는 큰 도움이 되었던 셈입니다.

우리는
가족입니다

세상에서 가장 귀한 만남

엄마랑 아빠랑 결혼했어.
결혼식에 나는 없어.
나도 알아.
아직 나는 엄마한테 안 왔어.
엄마랑 아빠랑 보면서 태어날까 생각하고 있었어.

할머니랑 외할머니는 왜 한복 입었어?
나도 한복 입고 싶다.

엄마의 엄마는 아빠의 엄마보다 커.
알아, 할머니.
그래, 외할머니.

외할머니는 분홍색 좋아하나 봐.
(신부 쪽 엄마라서 그렇다고 설명하자)
그냥 좋아하는 색깔 입으면 안 돼?

_ 여섯 살 12월 20일

우리 식구는 네 식구다.

엄마, 아빠, 찬영이, 그리고 찬영이 동생인 인형 마중이까지.

아이가 그린 우리 가족 얼굴을 보노라니 감회가 새롭다.

찬영이가 다섯 살 1월에 그린 가족 그림과 여섯 살 1월에 그린 가족 그림, 그리고 같은 해 10월에 그린 가족 그림을 보면 아이의 성장이 한눈에 보여서 가슴이 뻐근해진다. 마중이를 같이 그려 넣기 시작한 것은 여섯 살부터인데, 엄마랑 둘만 있는 그림을 그려도 꼭 마중이를 챙겼다. 가방 안에 들어 있는 모습으로나마 그려 넣었다. 사람들한테도 "우리는 네 식구야. 마중이는 내 동생이야." 꼭 그렇게 말했다.

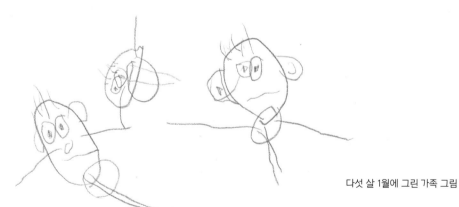

다섯 살 1월에 그린 가족 그림

여섯 살 1월에 그린 가족 그림

여섯 살 10월에 그린 가족 그림

엄마랑 아빠의 결혼기념일이라는 얘기를 했더니, "그럼, 엄마 아빠 선물로 그림 그려 줄까?" 한다. 결혼식 앨범을 한참 들여다보다가 정성껏 그림을 그렸다. 보통 때보다 두 배쯤 시간을 들여 그리는 것을 보니, 아무래도 '선물'이어서 더 신경이 쓰이는 모양이다.

그림을 주면서 그런다.

"엄마랑 아빠가 결혼해서 내가 생겼어. 결혼해 줘서 고마워."

아이가 하는 말은 보석 같다. 세상 어떤 선물보다 귀하고 아름답다.

결혼식에서 화촉을 밝히는 두 분 할머니의 사진을 보더니, 할머니들도 그려 주겠단다. 외할머니는 평균 이상 몸집이시고, 할머니는 평균보다 좀 작은 몸집이신데, 그림 속에서 기가 막히게 표현했다. 아이들 눈은 정말로 정확하구나.

외할머니보다 '엄마의 엄마'라는 말이 더 편하고, 할머니보다 '아빠의 엄마'라는 게 더 분명하게 들리는 모양이다. 할아버지는 '아빠의 아빠'. 그렇게 부르는 시기를 지나 할머니, 할아버지라는 호칭을 알게 됐는데도 가끔은 이렇게 옛날 호칭으로 돌아가곤 한다. 그게 또 귀여워서 나도 남편도 가끔은 "엄마의 엄마가 말이야", "아빠의 엄마는 말이야" 하고 이야기하기도 했다.

아이가 성장할수록, 아이가 받아들이는 가족의 범위가 점점 넓어지길 바란다. 혈연으로 맺어진 가족은 물론, 아이가 생겼다는 걸 알게 된 순간부터 한 달에 3만 원씩 후원하고 있는 누나나 북극에 살고 있는 북극곰에게까지 마음이 열렸으면 좋겠다.

윤여림이 글을 쓴 그림책 《우리 가족이야》에는 '사랑'이라는 이름으로 묶인 여섯 가족이 나온다. 보육원 가족들, 후원 가족, 입양으로 맺어진 가족, 재혼 가족, 조손 가족, 다문화 가족 등 다양한 가족들을 보여 주고 있다. 그림책을 함께 보다 보면, 이 가족들 모두가 행복하기를 바라는 마음, 저절로 솟구친다. 따뜻하고 고마운 그림책이다.

"마중이도 데려가야지!"

어딜 가든 챙기는 동생 마중이까지, 우리 네 식구 평화롭게 하루하루 잘 보냈으면 좋겠다.

우리 가족이야
윤여림 글, 윤지회 그림 | 토토북

혼자보다는
여럿이 좋아요!

더불어 사는 즐거움

난 의사가 될 거야.
아픈 사람 다 도와주는 병원이야.

1층엔 식당인데
잔디가 있고,
꽃밭이 있어.
여기 식당에서는 돈 없는 사람들한테는 공짜로 밥 줄 거야.

우리는 어디 사느냐고?
음, 2층에 살아.
2층 맨 오른쪽에 세 사람 보이지?
그게 나랑 엄마랑 아빠야.

_ 여섯 살 10월 9일

이 그림에서는 그림책《파란 집》이 보인다. 책에서 집집마다 사람들이 들어차 살고 있는 모습을 보아서 그런가, 이런 집을 그렸다. 찬영이는 용산 참사를 그린《파란 집》을 자꾸 읽어 달라고 했다.

"왜 이 헬멧 쓴 사람들이 이 아저씨들 괴롭혀?"

"왜 나가라고 해?"

"왜 자기 살던 집에서 못 살아?"

설명을 하면서도 아이 눈에, 이 세상이 얼마나 이상해 보일지 걱정됐다.

이런 세상이어서 미안해.

내가 어렸을 때는 집을 그리라고 하면 당연히 지붕이 있는 1층 집을 그렸다. 그런데 아파트에서 나고 자란 찬영이는 집을 그리라고 하면 당연히 아파트를 그린다. 일단 커다란 네모를 그리고 그 안을 칸칸이 나누어 집집마다 살고 있는 사람들을 그린다.

처음에는 그게 참 낯설었다. 생각해 보면 당연히 그럴 수밖에 없는데, 내 머리는 아직도 마당 있는 집이야말로 진짜 집이라고 한사코 생각하고 있는 것이다.

우리의 삶이 그러하니 그림책 중에도 아파트가 배경인 책이 많아졌다. 각 층마다 신기하고 신기한 특별한 가족들이 살고 있는 《초인종을 누르면》, 답답하고 무기력했던 아파트가 새로운 이웃 덕에 환골탈태하는 이야기를 그린 《훌륭한 이웃》, 혼자서 뭔가 만들어 먹기에는 모자라지만 각 층을 오르며 이웃들의 냉장고 속 재료를 모아 보니 훌륭한 파티가 가능하더라는 《텅 빈 냉장고》 같은 책들 모두가 아파트라는 주택을 기본으로 그리고 있다. 끝없이 새로운 주제의 그림책으로 변주되고 있는 《100층짜리 집》 시리즈도 그렇다.

중요한 것은 집의 형태가 아니라, 살아가는 방식일 것이다. 입고 먹고 자는 기본적인 조건을 충족시키는 것만이 아니라, 누군가의 불행에 기대거나 고통을 기반으로 하는 행복을 거부할 줄 아는 삶, 그런 것을 가르치고 싶다. 부모의 삶으로 보여 줄 수 있는 것에는 한계가 있겠지만, 혼자 사는 것보다 같이 사는 게 훨씬 즐겁다는 걸 느낄 수 있다면 그것으로 괜찮은 것이라 믿는다.

그나저나 의사가 되겠다는 이야기는 이날 처음 들었다. 해적이 되겠다거나, 유령이 되겠다거나, 좀비가 되겠다거나, 그도 아니면 다스베이더가 되겠다는 소리만 하던 아이가 무슨 마음인지 의사가 되겠다고 했다.

자기 소유의 병원 건물을 가지고 있는데다, 부모에게 아파트 한 채 턱 내어 주고, 1층에 공용 식당까지 운영하는 게 실제로 얼마나 어려울지, 그런 건 생각 안 할란다. 아픈 사람 고쳐 주고, 돈 없는 사람도 마음껏 밥을 먹게 해 주고 싶다는 그 마음만 기억하고 싶다.

물론 그 뒤로도 아이의 꿈은 전투기 조종사, 외계인, 고고학자, 엉덩이 탐정을 이리저리 헤매고 다녔다. 네가 어떤 직업을 가진 사람이 될지 그건 모르겠지만, 무슨 일을 하더라도 혼자만 잘 먹고 잘 살겠다는 심심하고 재미없는 사람만 아니라면 나는 그 꿈 무조건 지지할게!

파란집
이승현 지음 | 보리

초인종을 누르면
에이나트 차르파티 글, 그림, 권지현 옮김
씨드북

훌륭한 이웃
엘렌 라세르 글, 질 보노토 그림, 엄혜숙 옮김
풀과바람

텅 빈 냉장고
가에탕 도레뮈스 글, 그림, 박상은 옮김
한솔수북

100층짜리 집
이와이 도시오 글, 그림, 김숙 옮김 | 북뱅크

아이와 함께 쓴 일기를 읽어 주세요

아이가 그린 그림을 보면서 아이와 이야기를 나누고, 그 내용을 엄마나 아빠가 받아 적어 주었다면, 다 적고 나서 아이에게 꼭 한번 읽어 주세요. 아이는 그 어떤 그림책을 볼 때보다 더 집중해서 봅니다.

"엄마, 여기 중에서 어떤 게 제일 좋아?"

"아빠, 아빠는 이런 거 그려 본 적 있어?"

"이거 뭐 그린 건지 알아?"

아이는 자기가 그린 그림에 집중해 주고 성의껏 대답해 주는 엄마와 아빠를 보면서 자신이 굉장히 중요한 사람이라 느끼게 됩니다. 엄마 아빠에게도 이 시간은 더없이 소중합니다. 아이가 성장하는 모습이 손에 잡힐 듯해지고, 아이를 더 깊이 알게 됩니다. 이런 순간들이 모여 아이와 부모 사이에는 자연스러운 애착이 형성되는 것입니다.

아이가 그린 그림을 두고 나누는 대화는 아이에게도, 부모에게도 더없이 귀한 마음의 스킨십 시간이라 하겠습니다.

불안한 마음을
이해하는 것부터

부모의 무지가 아이를 두렵게 한다

머리 깎으러 갔어.
가위랑 빗으로 머리 깎았어.
미장원 선생님이 찬영이 예뻐해.
사탕도 주고.
머리도 감겨 줘.

난 이제 안 울어.

_ 일곱 살 1월 31일

아이와 처음 머리 깎던 날이 생각난다. 찬영이가 태어나 처음으로 미장원에 가던 날, 아이 아빠와 나는 초주검이 되고 말았다. 영아를 데리고 미장원에 가 본 경험이 있는 분들은 짐작하시겠지만, 미장원에서 아이들은 정말이지 엄청 운다. 맹렬하게 운다. 깜짝 놀랄 만큼 운다.

그나마 아이들이 편안해한다는 미용실을 뒤지고 뒤져 찾아간 것인데도 그랬다. 아이들이 좋아할 만한 장난감도 많고, 장난감 말을 타고 머리를 깎을 수도 있었다. 아이마다 정도의 차이는 있을지 몰라도, 머리 깎으러 가면 아가들이 대부분 운다는 걸 듣기는 했지만 그 정도일 줄은 몰랐다.

머리를 깎기 시작한 순간부터 미용사가 항복하고 손을 떼기까지, 아마 겨우 2분에서 3분쯤 되는 시간이었을 텐데(심리적 시간으로는 30분도 넘는 것처럼 느껴졌다.), 찬영이는 곧 죽을 것처럼 울었다. 이러다 애 잡겠다 싶어서 결국 포기하고 돌아왔다. 그 짧은 순간에 아이 몸은 땀으로 흠뻑 젖었고, 미용사도 '멘붕'이 되고 말았다.

엄마도 아빠도 처음 겪는 일이라 어찌할 줄을 몰랐다. 도대체 왜?

의외로 많은 아이들이 미장원에 가서 머리카락을 손질할 때 몹시 무서워합니다. 이는 머리카락뿐만 아니라 자신의 신체까지도 잘릴 것 같은 불안을 느끼기 때문입니다. 특히 아직 인지 기능이 덜 발달된 아이들일수록 이런 불안을 심하게 느끼는데, 피를 뽑으면 다시 생기고 머리카락을 자르면 다시 자라나는 환원의 법칙을 잘 이해하지 못하기 때문입니다. 어린아이들은 자신의 신체에서 무언가 잘려 나간다는 것에 대해 본능적으로 두려움을 갖고 있으며 머리카락뿐만 아니라 자기 살이 잘려 나갈지도 모른다는 막연한 두려움 때문에 가위질이나 이발 기계를 무서워합니다. 실제로 머리를 자를 때 저항하다가 예기치 않게 살짝 베인 경험이 있다면 더더욱 이런 거부감과 공포가 크겠지요. 더군다나 뒷머리를 자를 때는 아이가 자기 눈으로 확인하지 못하기 때문에 더욱 불안할 것입니다.

_《오은영의 마음처방전: 감정》, 오은영, 웅진리빙하우스.

그랬다. 알았다면 좀 더 차분하게 이런저런 준비를 했을 텐데 그러지 못하고 아이를 괴롭힌 셈이라, 무척이나 미안했다. 오은영 박사는 인형놀이로 머리카락 자르는 것에 대한 두려움을 없애 주거나, 아이가 몸부림치지 않으면 절대로 위험하지 않다는 사실을 계속 말해 주는 것이 좋다고 한다. 아이가 계속 불안해하면 엄마나 아빠가 편안한 분위기에서 직접 잘라 주는 것도 좋다. 아이 어린이집 친구 중에도 미장원에 가지 않고 집에서 머리를 깎는 아이가 있었다. 바리캉을 사고 보자기를 씌워서 아이 머리를 직접 깎는 일도 아무나 할 수 있는 일은 아니다.

내가 선택한 방법은 아이가 미용사와 친해지도록 해서 낯설음을 줄여 주자는 것이었다. 그래서 내가 다니던 홍대 근처 미용실로 한 달에 한 번씩 아이와 함께 가기 시작했다. 집 앞에 미용실이 여럿이었지만, 차로 30분도 넘게 걸리는 미용실에 찾아간 것은 결과적으로 잘한 일이었다. 아이는 처음 들어갔을 때부터, 엄마와 익숙한 분위기로 이야기를 주고받는 미용사를 편하게 여기는 듯했다. 아주 어린 아이들의 머리도 잘라 본 경험이 많은 미용사는, 엄마가 아이를 안은 채 머리를 깎게 했다. 머리 깎는 동안에도 아이가 엄마 품에 안겨서 안정감을 느낄 수 있고, 울면 토닥여 줄 수도 있어서 좋았다. 물론 보자기를 쓴다고 해도 엄마 옷이 온통 아이 머리카락 범벅이 되는 정도의 부작용은 감수해야 한다.

울지 않은 것은 아니지만, 처음 머리를 깎던 날처럼 미친 듯이 울지는 않았다. 게다가 놀라운 속도로 머리를 깎아 주었기 때문에 부담도 적었다. 그때부터 아이와 함께 머리를 깎기 위한 홍대 나들이는 몇 년 동안 계속됐다.

　그러다 네 살 때부터는 집 근처 미용실로 옮겼다. 미용실에서 처음 머리 감던 날, 어찌나 대견스럽던지! 두려움과 낯설음을 이겨내고 성장하는 아이들의 하루하루는 그야말로 모든 순간이 기적 같다.

　그림책 《머리하는 날》에는 난생 처음으로 파마를 하는 여자아이가 등장한다. 친구의 생일잔치에 초대를 받고, 떨리는 마음으로 미장원에 갔는데 그 결과물이 놀랍다. 머리를 하는 동안 아이가 놀라고, 얼떨떨해 하는 마음을 콕 집어 낸 작가의 발랄한 시선이 돋보이는 그림책이다. 아이와 이 그림책을 보면서 "너 맨 처음 미장원 갔던 날 말이야. 엄마랑 아빠는 진짜 울고 싶었어." 이야기를 나눈다. 크크크, 낄낄낄, 그러면서 그날의 이야기를 할 수 있어서 참 좋다.

　누구에게나 처음은 있다. 그럴 수밖에 없다. 그 모든 순간을 설렘으로 만들지, 두려워 도망치는 것으로 만들지는 각자의 선택이다. 아이가 그런 순간에 좋은 선택을 할 수 있기를 바라고 또 바란다.

머리하는 날
김도아 글, 그림 | 사계절

한 우물을 파는
즐거움

건강한 몰입을 지지하자

레고 가게 갔어.

1층엔 계산해 주는 사람,

2층 가는 길에는 다스베이더랑 스톰트루퍼가 잔뜩 있어.

2층엔 스타워즈 레고가 가득해.

구경도 하고,

생일선물 뭘로 할까,

생각도 했어.

생일엔 뭐 사 줄 거야?

_ 일곱 살 1월 31일

미술관 가서 그렸어.
스타워즈 좋아한다고 했더니
그중에서 좋아하는 캐릭터 그려 보라 해서 그렸어.

선생님이 재료 가져다줬어.
물감으로 그리니까 재밌더라.

스타워즈 우주선도 만들었어.
또 갈래!

_ 일곱 살 1월 13일

집 근처에 남자아이들을 위한 미술 학원이 있다는 걸 알게 됐다. 처음엔 '이건 뭐지? 어려서부터 대놓고 성차별인가?' 싶었다. 여자아이들의 그림이 단단하고 구성도 꽉 찬 데 반해, 같은 연령 남자아이들의 그림은 대개 형태도 좀 부족하고 그림의 내용도 빈약한 것은 사실이다. 아이가 다니던 어린이집 아이들만 생각해 봐도, 남자아이들은 그림 잘 그리는 여자아이들 옆에 가서 "나도 한 장만 그려 줘" 하곤 했다. 그런 차이가 있다고는 해도 어째서 남자아이들만 다니는 학원이 따로 있어야 하는 거지?

이 학원에 아들을 보내는 엄마들 얘기를 듣고 조금은 이해가 됐다. 지나치게 공격적인 아이, 엄마 말에 무조건 아니라고 말하는 아이, 친구들과 심하게 몸싸움을 하면서 노는 아이, 과도하게 흥분하고 그걸 잘 가라앉히지 못하는 아이… 여자아이들과는 조금 다른 양상으로 성장해 가는 남자아이들을 보면서 고민하고 걱정하는 엄마들이 생각보다 많았다. 학원에서 보내는 시간을 통해 친구들 사이의 물리적인 갈등을 건강하게 해소시킬 수 있는 에너지를 얻고, 마음속에 들어찬 화를 예술로 풀어낼 수 있는 기회를 갖고 있는 아이들이 많았다. 규제도 많고, 금지도 많은 집에서는 불가능한 미술 수업이 긍정적인 방향으로 이루어지는 것이었다.

　나무를 자르고, 용접을 하고, 글루건으로 작품을 만들고, 평면 작품만이 아니라 설치 미술까지 가능한 시설을 갖추고 있었다. 기존 미술 학원들과는 발상이 달랐던 것이다. 이런 걸 여자아이들도 하면 좋아라 하지 않을까? 이런 수업이 아이의 남성성을 잘못된 방향으로 극대화시키지는 않을까 걱정도 됐다. 그럼에도, 지금 아이에게 필요한 자극일 것 같아서 일주일에 한 번만 가 보기로 했다. 어린이집을 그만두면서 바깥활동이 현저히 줄어들었고, 엄마가 해 줄 수 있는 자극에는 한계가 있었으며, 무엇보다 아이가 좋아하는 형들과 함께 수업할 수 있다는 조건이 매력적이었다. 아이가 그림일기에서 '미술관'이라고 말하는 곳이 바로 미술 학원이다.

　미술 학원에 처음 간 날, 아이가 그린 것은 역시나 다스베이더였다. 찬영이가 레고를 처음 갖고 논 것은 두 살부터였다. 크기가 큰 듀플로를 가지고 놀다가 네 살이 지나면서 작은 레고 부품을 삼키지 않을까 하는 걱정으로부터 놓여났을 때는 '닌자고' 시리즈를 섭렵하기 시작했다. 네 살 크리스마스에 산타 할아버지에게 부탁한 선물은 '닌자고' 시리즈의 빨간 용이었다. 그러다 다섯 살부터는 '스타워즈' 시리즈에 푹 빠졌다. 그중에서도 단연 다스베이더의 열혈 팬이 되었다. 수없이 많은 옛이야기를 들어왔고, 권선징악 스토리에 익숙한 아이였지만 빌런 중의 빌런, 다스베이더의 매력에 빠지는 것을 어쩔 수 없었다. 하긴, 세상에서 해적이 제일 좋고, 아무리 나쁜 짓을 해도 해적이 이겨야 한다고 우기는가 하면 기필코 악당이 되고야 말겠다고 하는 아이였으니 다스베이더가 멋져 보이는 건 어쩌면 당연한 일이겠다.

다섯 살 크리스마스에도 여섯 살 크리스마스에도 찬영이는 레고 스타워즈 시리즈를 주문했다. "산타할아버지, 다스몰 레고 주세요. 아니면 진짜 광선검을 주세요. 다스베이더 망토도 괜찮아요." 아이가 하는 말을 크리스마스카드에 받아 적으면서 터져 나오는 웃음을 참느라 얼마나 힘들었는지 모른다. 그렇게 쓴 소원 카드를 크리스마스트리에 걸어 놓고, 크리스마스가 올 때까지, 하루에 두세 번씩은 들여다봤다. 그렇게 키워 온 스타워즈 사랑이다.

그림만이 아니다. 색깔 찰흙을 갖고 놀 때도, 조물조물 도자기 공예를 할 때도, "뭐 만들래?" "뭘로 장식할래?" 물으면 무조건 "다스베이더!"를 외쳤다. 딸랑딸랑 종 위에도 장식은 다스베이더, 방독면을 만들고, 집을 짓고, 자동차를 만들 때도 어느 구석엔가는 반드시 다스베이

더를 그려 넣었다. 나는 그렇게까지 뭔가를 좋아했던 적이 있었던가,
싶어서 조금 부럽기도 했다.

그림책《마음을 지켜라! 뽕가맨》에는 이런 대목이 있다.

뽕가맨?
다섯 평생 이렇게 멋진 로봇은 처음이에요.

개인적으로, 이 책은 이 두 줄이 다했다고 생각한다. 아이들 마음에
가득 들어찬 욕망을 단 두 줄로, 그것도 유머러스하게 표현할 줄 아는
작가에게 물개박수를 보냈다. 물론 그렇게 감탄하고 갖고 싶다던 '뽕
가맨'을 선물받자 주인공은 바로 '왔다맨'에게 마음을 빼앗기고 만다.
그게 아이다. 아무런 죄의식 없이 사랑을 옮겨 버리는 자연스러움, 그
걸 포착해 낸 작가의 능력이 놀라울 따름이다.

지금 다스베이더에 빠져 있는 찬영이도 시간이 지나면 언제 그랬
냐는 듯이 다른 곳으로 마음을 돌리겠지. 선물 살 때 고민하지 않아도
좋아서 참 편하기는 했는데 말이다. 한 가지에 지나치게 빠지는 게 물
론 약간의 부작용도 있을 수 있겠지만, 이 정도의 건강한 몰입은 나쁘

지 않다고 본다. 다른 사람과 구별되는 자신만의 성을 만들어 가는 것,

그 또한 성장일 테니까.

마음을 지켜라! 뽕가맨
윤지회 글, 그림 | 보림

그림일기를 통해
아이의 자신감을 키워 주세요

처음 아이와 그림일기를 쓸 때는 욕심을 부리느라 아이랑 싸우기도 많이 싸웠습니다. 사람을 그릴 때 졸라맨처럼 그리는 것도 아쉽고, 공간도 좀 더 풍부하게 만들어 주었으면 싶어서 "사람을 좀 더 크게 그리면 어때?" 하거나 "옆으로 본 거 말고, 앞에서 본 모습을 그리면 어때?" 하기 일쑤였지요. 어느 순간 아이가 화를 냈습니다.

"왜 엄마는 나를 마음대로 조종하려고 해?"

뜨끔했습니다. 아이가 즐거웠으면 하는 바람으로 시작한 일인데, 제가 엉뚱한 짓을 하고 있다는 걸 깨달았거든요. 그 다음부터는 "최고다, 진짜!" 말고는 어떤 개입도 하지 않으려 애썼습니다.

아이 스스로 발견해 낸 '오늘의 기쁨'을 그림으로 표현하는 데 어른들이 "이렇게 그리면 더 좋지 않을까?" "저런 장면을 그리면 어때?" 개입하는 건 그림을 그리지 않는 것만 못합니다. 그런 일이 반복되다 보면 아이들은 엄마가 알려 주겠지, 아빠가 하라는 걸 하면 더 칭찬받겠지, 하는 생각을 하게 되고 그런 생각은 아이를 무기력하고 자신 없게 만들 수 있습니다. 아이

가 어떤 것을 그리든 무조건 옳다고 해 주면, 어느 순간 아이는 이렇게 말합니다.

"엄마, 오늘은 내가 특별히 한 장 더 그려 줄게. 엄마는 내 그림 제일 좋아하니까."

옛날 어린이들은 소 꼴도 베고, 동생도 업고 다니고, 밭일 하러 나간 부모님께 새참도 날랐습니다. 저만 해도 담배 농사를 짓던 엄마, 아빠를 도와 담뱃잎을 엮었던 기억이 있습니다. 여섯 살 무렵에 말이지요. 언니들도 오빠들도 모두 엄마, 아빠 옆에서 일을 하고 있으니 막내인 저는 그저 놀이로 함께한 것이었습니다. 그러니 아동 노동 착취가 아니라 '나도 부모님을 도울 수 있는, 당당한 이 집 식구다.' 하는 마음이 새겨졌던 경험으로 남아 있습니다.

이오덕 선생님이 엮으신 《일하는 아이들》에도 그런 어린이들이 나옵니다. 동생을 업고 있다가 내려놓으니 "등때기가 없는 것 같"(이후분, "아기 업기" 중에서)이 시원해졌다고 하고, 부모를 도와 고추밭을 매고, 담배를 심고, 소를 돌봅니다. 그러다 산과 들을 누비며 마음껏 뛰놉니다.

아무튼 그렇게 가족의 당당한 구성원으로 인정받았던 데 비해 지금의 어린이들은 그런 기회가 상대적으로 적습니다. 청소년들도 마찬가지지요. 할아버지가 돌아가셨는데 고등학교 3학년이라는 손자더러 공부해야 하니 집에 있으라 했다는 부모 이야기가 심심찮게 들리는 세상입니다. 공부만 잘하면 모든 것이 용인되니, 공부를 못하는 아이들은 가족 안에서도 설 자리가 없습니다.

자존감을 키워 주자는 말이 한창인 요즘입니다. 아이들 마음에 자신감을 심어 주고 자긍심을 갖게 하는 데 그림일기만큼 쉽고 편한 것도 없다 싶습니다.

쇠딱따구리를
만났어!

아이와 함께 산에 오르면 좋은 것들

심학산 올라갔어, 아빠랑 엄마랑.

나뭇잎이 잔뜩 떨어져 있었어.
땅은 질척질척.
으~~~.

좀 힘들었지만 재미있었어.

쇠딱따구리도 봤어.
까마귀도.

새 먹이도 줬어.
땅콩이랑 아몬드랑.

잘 먹었을까?

_ 일곱 살 2월 1일

코로나19로 사람 많은 곳을 피하다 보니, 아이와 할 수 있는 일이 그리 많지 않다. 식당에 밥 먹으러 가는 것도 신경 쓰이고, 아이들 그림 교실이나 요리 강습 같은 곳에 가는 것도 마음이 편치 않다. 한 번 들어가면 두 시간은 거뜬히 신나게 놀다 오는 레고 놀이방도 여러 사람 손이 닿는 곳이라 마음이 불편하다. 눈뜰 때부터 방방 뛰어다니는 일곱 살 에너지 넘치는 아이와 무엇을 하면 좋을까? 궁여지책, 산에 가자!

"엄마, 왜 산에 올라가야 해?"

산 초입에서부터 입이 댓발 나와 있는 찬영이. 친구랑 같이 못 노는 게 속상해서 그렇다. 그저 발에 채이는 돌멩이한테나 마구 화풀이한다. 올라가기 전에는 그러더니 막상 올라가기 시작하면 이것저것 보고 만지느라 정신이 없다. 나뭇가지도 주워야 하고, 나뭇잎 밑에 뭐가 있나 들춰도 봐야 하고, 새가 바위에 싸 놓은 새똥도 들여다봐야 하니 바쁠 수밖에.

다다다다 타타타타 틱틱.

무슨 소리지?

한참을 이리저리 찾았다. 아, 저기! 쇠딱따구리!

참나무에 앉아 신나게 드러밍을 하고 있는 쇠딱따구리를 발견했다. 이렇게 운이 좋을 수가! 잎이 무성했던 여름 산에서보다 겨울 산이 새 관찰에는 더 좋다고 들었지만, 드러밍하는 쇠딱따구리를 정면에서 보게 될 줄은 몰랐다. 입을 떡 벌리고 딱따구리를 들여다보는 우리를 무심히 지나쳐 가는 사람들을 붙들고, 저 새 좀 보라고 소리치고 싶을 지경이었다.

아빠, 이제부터는 왜냐고 한번 물어봐.

알았어. 그럼 이제부터는 왜냐고 물어본다?

새는 왜 둥지를 만드는 거냐고 물어봐.

알았어. 새는 왜 둥지를 만들까?

아빠가 말해봐.

왜냐하면, 그래야 새가 마음 놓고 알을 낳을 곳이 생기니까.

나도 알아.

그런데 왜 물어봤어?

아빠한테 듣고 싶어서.

_《아빠, 나한테 물어봐》중에서, 버나드 와버 글, 이수지 그림, 비룡소.

"아빠, 내가 좋아하는 게 뭔지 한번 물어봐." 라는 말로 시작하는 그림책 《아빠, 나한테 물어봐》는 시원하게 뻗어 나가는 이수지 그림의 매력이 한껏 살아 있는 책이다. 별스러운 사건 없이 따뜻한 대화로 이어지는 이 그림책은 단풍 곱게 물든 가을 풍경을 멋스럽게 전해 준다. 이런 산책, 이런 대화가 오가는 시간을 가진 사람과 그렇지 못한 사람의 삶은 다를 수밖에 없겠다는 생각이 저절로 들 만큼.

아이와 산을 오르면서 나누는 대화란 게 사실 그렇다. "엄마, 왜 새들은 저렇게 높은 데다 집을 지어? 춥겠다." "신발 밑에 흙이 자꾸 달라붙어." "겨울엔 벌레도 없는데, 새들은 뭐 먹고 살아?" "(먹던 과자를 내려다보며) 이거 좀 나눠 줘도 돼?" 특별할 건 없지만, 이곳이 아니라면 아이도 생각하지 못했을 궁금증들. 어른이 되어 가는 동안 하나씩 잃어갈지도 모르는 호기심의 한순간을 기록해 두는 것은 그래서 의미 있는 일일 것이다.

먹이가 부족할 동물들을 생각해서 한 줌 집어온 견과류를 바위 위에 내려놓았다. 너무 많은 양을 두는 것은, 야생에서 살아가야 할 동물들에게 하면 안 되는 일이라서 아주 조금만.

"우리가 이거 두고 간 거 새들이 알까?"

"그럼! 다람쥐도 와서 먹을지 몰라."

"잘됐다."

산에서 보낸 두 시간 남짓한 시간은 아이에게도, 엄마와 아빠에게도 아주 귀한 시간이었다.

아빠, 나한테 물어봐
버나드 와버 글, 이수지 그림 | 비룡소

실패에서
배우게 하자

책방에서 스스로 책을
고르게 하는 까닭

알모책방에 가서 《 외계인 편의점 》 사 왔어.
이 책은 재미있어 보였어, 그림이.
외계인이 편의점에 오는 이야기야.

외계인이랑 사람이랑 막 얘기하는 거 재미있었어.
악당 헬크랩도 재미있고.

응? 《 엉덩이 학교 》?
그 책은 왜 골랐나 기억 안 나.

《 엉덩이 탐정 》은 당연히 재미있지.
브라운도 그럴 줄까?

_ 일곱 살 2월 3일

아버지와 처음 함께 간 서점을 지금도 똑똑히 기억한다. 초등학교를 졸업할 무렵, 아버지가 졸업 선물로 책을 사 주시겠다며 서점에 가자고 하셨다.

난생 처음이었다, 아버지의 선물이란 것은.

시골에서 농사 짓다 아이들은 시골에서 살게 하지 않겠다고 도시로 나온 우리 부모님에게 돈은 늘 부족했다. 먹고 자는 기본적인 일 외에 무언가 추가로 들이는 돈에는 여러 차례의 고민이 필요했다. 그러니 다섯 남매 중의 막내인 나에게 돌아올 여유는 더욱 없을 수밖에 없었다. 그런데 선물을 사 주시겠다며, 교과서가 아닌 책은 볼 필요없다 하시던 바로 그분이 책방에 같이 가자 하시는 거였다.

다소 얼떨떨한 기분으로 아버지를 따라나섰다. 집에서 15분쯤 걸어 도착한 서점에 손님은 우리 둘뿐이었다. 지금도 생생하다, 그날의 분위기. 전면 유리창 가득 쏟아지던 햇살, 책방에 가득한 책들, 뿌옇게 햇살 속을 떠다니던 먼지들까지. 늘 책이 고파서 친구 집에 가면 노는 것보다 책 보는 게 우선이었던 나에게 책방은 언제나 동경의 대상이었지만, 주머니가 홀쭉하니 그림의 떡이었다. 학교에서 내준 독후감

숙제 책도 사 보지 못하고 친구 것을 빌려 읽어야 했던 나에게 "아무거나 골라 봐라. 고르는 거 사 주께." 하시는 아버지의 말씀은 놀랍고 놀라웠다.

아, 그 힘겨운 선택이라니. 이걸 들면 저걸 사고 싶고, 저걸 들면 아까 본 게 눈에 밟혔다. 족히 30분은 들었다 놨다 한 것 같다. 어린이책 서점도 아니고, 생각해 보면 그 서점에 당시 내가 읽을 만한 책이 딱히 많지도 않았을 것이다. 그래도 좋았다. 도서관에서 빌려 보는 책이 아니라, 집에 가져가서 내 소유로 할 수 있는 책을 고르고 있는 그 시간이 말이다. 서점 주인 아저씨도 재촉하지 않았고, 아버지도 서두르라 하지 않았다. 나는 마음껏 책을 보았고, 결국 한 권을 골랐다. 시조집이었다.

웬 시조집이냐고? 내 계산은 이랬다. 이 특별한 선물을 한 번 읽고 말 책으로 고를 순 없다. 보고 또 볼 수 있는 책, 누가 봐도 잘 골랐다 칭찬받을 수 있는 책, 아버지가 보기에도 흐뭇한 책을 골라야 한다. 이제 중학생이 되니, 뭔가 공부에도 도움이 될 것 같은 그럴 듯한 책을 고르자. 그래야 아버지의 선물은 이것으로 마지막이 아니게 될 것이다. 그래서 내린 결론이 시조집이었다. 책을 사서 들고 집으로 다시 돌아오는 길, 뒷짐 지고 앞서 가는 아버지의 뒷모습이 얼마나 좋았는지 모른다. 그 시조집은 그야말로 마르고 닳도록 읽고 또 읽었다. 본의 아니게 예습을 한 덕분인지 중학교 국어 시간이나 한문 시간에 덕을 조금 보았던 것도 같다.

그러나 안타깝게도 아버지의 책 선물은 그게 마지막이었다. 중학교에 갔더니 학교 도서관도 있고, 집 형편도 조금 나아져서 그렇게까지 책이 고프지는 않았던 것도 같다. 그래도 가끔, 햇살 환하게 쏟아지던 그 동네 책방에서 보낸 시간이 생생하게 떠오르곤 한다.

찬영이가 여섯 살 때, 가끔 가는 책방 "버티고"에서 열렬히 고른 책은 《엉덩이 탐정》 시리즈였다. 베스트셀러답게, 가장 잘 보이는 자리에 번쩍번쩍 진열되어 있는 책이니 아이가 관심을 가질 수밖에 없었겠지. 게다가 주인공의 그 엄청난 비주얼을 생각하면 아이들이 유혹당하지 않을 재간이 없다. '그런 거 아니라도 좋은 책이 얼마나 많은데, 하필이면…'이라는 생각이 들어 물어보긴 했다.

"이건 형아들이 보는 책이야. 봐봐. 그림은 쬐금이고, 글자가 이렇게나 많은데?"

"괜찮아, 그림만 봐도 돼!"

물론 그림만 보지 않을 거란 걸 나는 알았다. "또 읽어 줘!" "다시 읽어 줘!" 무한반복될 것이 분명했지만, 그래도 샀다.

    초등학교 시절 내내 아이가 사고 싶어 하는 책은 부모 마음에 들지 않는다. 우리 아이만 그런 게 아니라 그 또래 아이들의 취향이 다 그렇다. 그럼에도 불구하고 부모는 서점에서 아이가 책을 고르고 살 기회를 주어야 한다. (…) 아이들이 책을 통해 얻는 것은 지식만이 아니다. 내가 읽고 싶은 책을 내 돈 주고 사는 경험도 쌓아야 한다. 엄마가 읽으라고 사 준 책이 아니라 돈을 내고 내 책을 사는 과정에서 아이들은 책과 특별한 관계를 맺는다.

    _《아홉 살 독서 수업》, 한미화, 어크로스.

    전적으로 동의한다. 한미화는 또 "어린이라는 이유로 원치 않는 책을 읽어야 할 이유는 없으며, 독서가 즐거우려면 자신이 원하는 책부터 읽어야 한다"고도 말했다. 아이가 읽고 싶다고 고른 책은 엄마가 권해 주는 '추천도서'나 '권장도서'와는 결이 다른 책이기 쉽지만, 그 책을 고르고 즐겁게 읽는 동안 얻는 것들은 결코 어른이 줄 수 없는 종류의 기쁨일 것이다.

    찬영이는 서점에 갈 때마다 《엉덩이 탐정》 시리즈를 한 권씩 집어 왔고, 결국 그 긴 책을 몇 번씩이나 읽으며 목이 아픈 건 엄마와 아빠였다. 아이에게 책을 읽어 주면서 '이러니 아이들이 좋아할 수밖에 없겠군!' 하고 설득되고 말았고, 결국 일본에 들렀을 때 《엉덩이 탐정》일어 판과 온갖 굿즈들을 집어 들고 오기에 이르렀다. 지금도 찬영이는 《엉덩이 탐정》 시리즈가 주르륵 꽂혀 있는 책장 앞에 서서 책을 고른다. 참으로 희한하게도 아이는 글자도 모르면서, 책의 내용은 나보다 더 잘 안다. 3권쯤에 잠깐 나왔던 등장인물을 6권쯤인가에서 족집게처럼 찾아내고, 읽어 준 사람은 벌써 잊어버린 단서를 기억하고 있다가 귀신같이 범인을 잡아낸다.

물론, 실패도 했다.

"이거 사자, 엄마! 나, 이거 살래!"

신나서 외쳐 대는 아이에게 가 보니, 표지 한가득 엉덩이가 그려진 그림책을 들고 함박 웃고 있다. 아, 불안하다. 내용과 상관없이, 그저 엉덩이가 그려진 그림이라 선택하려는 것이다. 온갖 엉덩이들이 다니는 학교에서 이루어지는 방귀 수업 이야기를 그린 그림책을 사서는 딱 한 번 읽고, "딴 거 볼래!" 했다.

"네가 고른 건데?"

"그래도 안 볼래."

"그럼, 다음에 살 땐 엄마 의견도 좀 들어줄 거야?"

"음, 생각해 볼게."

아직은 자기 선택에 책임을 진다는 게 뭔지 알기 어려울 테지. 그
래도 자꾸 연습하다 보면 몸으로 배우는 것이 있을 거라 믿는다. 엄마
지갑에서 나가는 돈이 아니라, 자기 지갑에서 나가는 돈으로 책을 사
게 되면, 그때는 지금과는 다른 기준을 세울 것이다. 그때는 지금보다
십 원어치는 더 현명해져 있을 거라 기대한다.

"엄마, 오늘은 이거 살래!"

오늘 알모책방에서 일곱 살 찬영이가 들고 온 것은 그림책도 아니
고, 초등 저학년 읽기 책도 아니고, 적어도 3학년 이상은 되어야 이해
할 것 같은 《외계인 편의점》이다. 제목도 그림도 아이가 혹할 수밖에
없긴 하겠다. 본문에 나오는 외계인들을 보더니 이건 꼭 사야 해, 눈빛
이 되고 말았다.

"이건 진짜 형아들이 보는 책이야. 나중에, 더 나중에 보자, 응?"

"엄마가 읽어 주면 되잖아."

이제는 그림만 보면 된다며 엄마를 설득하려는 노력조차 안 하는
뻔뻔한 녀석. 《내 이름은 삐삐 롱스타킹》이랑 《이상한 나라의 앨리
스》랑 《피노키오》 같은 동화책들을 하루에 몇 챕터씩 읽어 준 내 잘못

이라 해야겠다. 그림 없이 이야기로만 들어도 흥미진진한 동화의 맛을 알아 버린 아이에게 그림 있는 책만 보라고 할 명분도 없다.

"오늘은 그림책 한 권이랑,《그림 메르헨》이야기 두 개 읽어 줘. 그리고《외계인 편의점》맨 첫 번째 이야기랑."

결국 이렇게 되고 말았다. 엄마가 어린이책 모임 사람들과 함께 읽으려고 산《그림 메르헨》(무려 484쪽짜리 책이다!)을 아이에게 다 읽어 주는 데는 한 달이 넘게 걸렸다. 한글을 익힐 때까지 앞으로도 오랫동안 이 상태가 지속되겠지. 차라리, 그림책을 열 권씩 읽어 달라고 들고 오던 때가 나았으려나.

외계인 편의점
박선화 글, 이경국 그림 | 소원나무

모자라도, 덜 예뻐도
괜찮아요

아이와 함께 그림책을 만들어 보자

도토리나무 속에 딱따구리 둥지가 있어.

엄마 딱따구리가 아기 딱따구리들한테
벌레를 잡아 줘.

아기는 세 명인데, 벌레는 한 마리밖에 없어서
엄마는 또 벌레를 잡으러 가야 돼.

아, 벌레를 셋이 나눠 먹으라고 해도 될까?

_ 여섯 살 6월 23일,
자기가 만든 이야기의 한 장면을 그림으로 그린 날

그림책 작가로 널리 알려진 레오 리오니의 유명한 일화 하나. 잘나가는 그래픽 디자이너였던 레오 리오니가 그림책 작가가 된 것은 손자들과 함께 한 기차 여행 덕분이었다고 한다. 손자들과 기차를 타고 가던 중, 아이들이 떠들자 할아버지는 가방에서 잡지《라이프》를 꺼내 이야기를 시작했다. 잡지에서 손으로 찢어 낸 노란 동그라미, 파란 동그라미, 녹색 동그라미로 노랑이와 파랑이가 숨바꼭질 놀이를 하는 이야기를 들려준 것이다. 이것이 바로 레오 리오니의 첫 번째 그림책《파랑이와 노랑이》가 된다. 할아버지가 잡지를 손으로 찢어 이리 붙이고 저리 붙여 이야기를 만들어 나가는 과정을 보면서 아이들은 얼마나 즐거웠을까. 얼마나 신났을까.

베아트릭스 포터의 사랑스러운 이야기《피터 래빗》시리즈도 처음에는 단 한 명의 독자를 위해 만들어졌다. 포터는 예전 자신을 돌보아 주었던 가정교사의 어린 아들 '노엘'에게 편지를 보냈는데, 글씨만 써서 보내는 것보다 아이가 좋아할 만한 이야기를 그림으로 그려 보내는 게 좋겠다고 생각했다. 어여쁜 토끼 그림을 본 그 가정교사는 그 그림들을 노엘만 보는 게 아깝다며 포터에게 출간을 적극 권했다 한다. 피터 래빗 이야기는 그렇게 세상에 나오게 됐다.

조혜란의 그림책 《참새》를 보다가 찬영이와 같이 만든 그림책(이라고 쓰고는 있지만, 그냥 낙서에 더 가깝긴 하다)이 있다. 그림책 《참새》는 초가집 지붕에서 참새 알을 꺼내 놓고 싶었던 남매가 알이 아닌 아기 참새를 꺼내면서 생겨난 일들을 그렸다. 남매는 아기 참새를 방에 데리고 와 함께 잤는데, 일어나 보니 아기 참새가 죽어 있었고 둘은 참새를 정성껏 묻어 주었다는 이야기. 그 그림책을 읽어 주다가 "엄마도 이런 일 비슷한 거 겪은 적 있어." 했더니 아이가 "정말? 언제?" 눈을 동그랗게 뜨고 물어보는 것이다.

초등학교 2학년 때 일이다. 우리 집 처마에 둥지를 틀었던 제비가 알을 낳고 새끼를 길렀는데, 어느 날 새끼 제비가 드디어 날기 연습을 시작했다. 그중 한 마리가 그만 서툰 날갯짓 끝에 바닥에 떨어졌다. 혼자서는 둥지로 돌아갈 수 없게 된 아기 제비를 위해 나는 배춧잎 둥지를 만들어 주고, 애면글면 돌보았다. 어미 새도 부지런히 벌레를 잡아 왔다. 그러나 이런 이야기의 대부분이 그렇듯이 결국 비극적인 결말을 맞게 되는데, 빨래를 널던 1층 아주머니가 아기 새를 보지 못하고 밟아 죽이고 말았다.

이 이야기를 말도 안 되는 서툰 그림으로, 대충대충 만들어 준 그림책을 아이는 애지중지했다. "엄마, 아기 새 그림책 또 읽어 줘." 하는 것은 물론이고, 혼자서도 책장에서 그 책을 뽑아 책장을 넘겨 보곤 했다. "이 아줌마 너무 나빠. 내가 있었으면 엄청 혼내 줬을 거야." 할 때도 있고, "엄마는 착하네. 엄마 제비가 고마워했겠다." 하기도 하고, "나는 아기 새가 우리 집에 오면 절대로 안 죽게 할 거야." 하기도 했다.

이럴 줄 알았으면 좀 더 정성껏 만들어 볼걸, 생각했지만 호박에 줄 긋는다고 수박 되는 건 아닌 줄 내 이미 잘 알고 있다. 두 번째 그림책을 뭘로 만들까, 호시탐탐 노리고 있는데 그게 언제가 될런지.

가족이 함께 그림책을 만들어 보는 것은 무엇과도 바꿀 수 없는 즐거운 추억이 될 것이다. 지금은 한 권이지만, 우리가 만든 《아기 새 이야기》 옆에 아이와 함께 만든 그림책이 한 권씩 늘어날 것을 고대하고 있다. 아직은 그림의 세계에 살고 있는 찬영이가 글자를 알게 되면, 그때는 지금과는 완전히 다른 세상이 열리겠지. 마음속에 떠돌다 사라지는 수많은 이미지를 잡아내는 능력만 잃어버리지 않는다면, 언제고 아이들은 최고의 작가가 되어 엄마와 아빠를 깜짝 놀라게 해 줄 것이다.

참새
조혜란 글, 그림 | 사계절

글씨까지 잘 쓰면 얼마나 좋을까,
서두르지 마세요

현재 국어 교과 성취 기준을 보면 그림일기를 쓰기 시작하는 것은 1학년 2학기부터입니다. "겪은 일을 떠올려 그림일기를 쓸 수 있다"는 것을 목표로 하고 있지요. 그러니 일곱 살 아이에게 글씨까지 함께 쓰는 그림일기를 써 볼 것을 권하는 것은 무리입니다.

그냥 하루 중 가장 즐거웠던 일을 그림으로 표현하는 것 자체를 신나게 경험하면 족합니다. 그림책을 읽어 줄 때 가장 크게 얻어야 할 것도 '즐거움'이고, 그림일기에서 가장 크게 얻어야 할 것도 '즐거움'입니다. 거기에 부모의 욕심이 곁들여지는 순간, 귀신같이 그것을 감지한 아이는 '일기=숙제, 일기=부담, 일기=싫은 것'이라는 공식을 세우고 맙니다. 그렇게 결론 내리고 말기엔, 일기가 주는 위로나 역할이 너무 큽니다.

아이가 입으로 하는 말을, 그 순간의 감동을 글로 받아 적는 것은 부모의 몫이지만, 자기 말에 집중하는 부모를 통해 그 열매를 가져가는 것은 아이 자신입니다. 아이 성장에 이만한 거름도 없는 것 같습니다.

겁이 많은 건
전혀 괜찮아요

만용보다는 두려움이 낫다

말 타고 왔어.
이름은 '다그닥'이야.
일곱 살이래.

처음엔 무서워서 타기 싫었는데,
타 보니까 재미있었어.

빨리 달리는 건 싫고,
천천히 걷는 건 좋아.

말이 좋아했어, 나도 일곱 살이라서.

당근 주면서, "나 태워 줘서 고마워" 했어.

_ 일곱 살 1월 15일

찬영이는 겁이 많은 편이다. 좋게 말하면 조심성이 많은 아이다. 해 보지 않은 것을 해야 하는 순간, "이야!" 하는 감탄사보다는 "어, 어" 하는 주저함이 더 크다.

제주도에서 처음 말을 타 본 다섯 살 때도 그랬다. 엄마랑 아빠가 옆에 함께 있을 거고, 찬영이는 작은 말을 탈 거고, 절대로 빠르게 달리지 않을 거고, 무서우면 바로 내려도 된다고 열심히 설득하고도 한참의 시간이 더 필요했다. 그렇게 말은 하면서도 이미 돈은 다 지불한 터라, '끝까지 안 탄다고 하면 어떡하지?' 하는 마음, '이런 것까지 무서워하는 건 좀 문제가 아닐까?' 하는 의문, '이렇게 겁이 많아서 나중에 어쩌나?' 하는 걱정까지, 엄마 마음속은 이미 난리다. 그래도 내색하지 않고, "그래, 용기 내 보고 안 되면 어쩔 수 없지 뭐." 했다. 그래도 아이는 다 알았겠지. 자기가 끝내 말을 타지 못하면 엄마랑 아빠가 실망할 거란 걸, 안 타고 싶지만 엄마랑 아빠가 좋아할 테니까 억지로 힘을 내야 더 좋을 거란 걸, 아빠한테 혼나거나 엄마의 실망한 눈빛을 보는 것보다는 잠깐 무서운 걸 참는 게 더 나을 거란 걸. 엄마의 말보다는 아닌 척하는 몸짓, 눈짓까지 다 보는 게 아이란 걸 알면서도 어쩌지 못했다. 아무것도 모르는 것 같지만 사실은 모든 것을 알고 있는 것이 어린이라고 하지 않는가.

결국 찬영이는 오늘도 여섯 살 동생이 씩씩하게 올라타는 것을 본 뒤에야 "엄마, 나도 타 볼래!" 했다. 찬영이가 먼저 그러겠다 하기 전에 몰아붙이지 않은 스스로를 얼마나 대견해했는지 모른다. 말을 타고 모래 운동장을 몇 바퀴나 돌면서 말에 익숙해진 뒤에도 조금만 속도를 높이려 하면, "안 돼!" 소리를 질렀다. 비록 겁은 많지만 자기 의사를 분명히 표현할 수 있는 아이인 것만으로도 그 얼마나 다행인가.

"잘하고 있다고 다그닥 엉덩이 좀 두드려 줄래?"

말 고삐를 잡아 주시던 선생님이 말했다. 몸을 살짝 돌려 한 손으로 말 엉덩이를 토닥토닥 해 주라고 하자, 아이는 울상이 됐다.

"꼭 해야 돼?"

"똑같이 일곱 살 친구니까 그렇게 해 주면 좋지 않을까? 다그닥이도 용기 내서 태워 주고 있는 거거든."

한참을 가만히 고민하던 아이는 결국 한 손을 고삐에서 떼고 타고 있는 말의 엉덩이를 토닥토닥 두드려 주었다.

고민하고 힘들었던 모든 순간은 어디론가 날아가고, 그날 밤의 그림일기에는 자랑스럽게 말을 타고 있는 모습만 커다랗게 그려 놓았다.

과잉보호도 나쁘지만 과잉 반응도 좋지 않다. 아이가 겁을 낼 때는 언제라도 부모가 도와주겠다는 것을 분명하게 이야기하기만 하면 된단다. 두렵고 겁나는 상황을 피하는 것은 좋지 않다고. 그러나 정말로 어려운 것은, 막상 그런 순간이 오면 그 어떤 도움의 말도, 책에서 읽었던 글귀들도 하나도 생각이 안 난다는 것이다. 그저 아이와 나, 둘만 남는 순간들. 그 모든 순간들에 정답은 못 되더라도 근사치에 가까운 말과 행동을 내놓고 싶어서 오늘도 이렇게 하루를 기록한다.

말 타고 온 날 밤, 찬영이와 함께 《수호의 하얀 말》을 다시 꺼내 읽었다.

늑대밥이 될 뻔한 망아지 한 마리를 주워 온 수호는 정성껏 망아지를 돌보았고, 성장한 하얀 말은 늑대를 쫓아버릴 만큼 용감했다. 언제나 함께였던 둘은 원님이 여는 말타기 대회에 참가하게 됐고, 수호는 우승했음에도 원님의 사위는커녕 도리어 하얀 말을 빼앗기고 말았다. 온힘을 다해 수호의 곁으로 돌아온 하얀 말. 바람 소리를 내며 날아온 화살이 등에 잇달아 꽂히는데도 계속 달리는 하얀 말. 결국 하얀 말은 수호의 곁에서 죽고 말았지만 그 말의 뼈로 만든 악기 마두금은 지금도 사람들의 마음을 흔들고 있다는 몽골의 옛이야기를 담은 책이다. 그림도 그림이지만, 끝내 수호의 곁으로 돌아와 잠든 하얀 말의 이야기는 무척이나 아름답다.

"다그닥이처럼 멋지지?"

"응! 얘도 일곱 살인가?"

한사코 일곱 살을 강조하는 아이가 웃기면서도 귀엽고, 어이가 없으면서도 예뻐서 머리를 꼭 껴안고 말았다.

두려움을 아는 사람만이 끝내 그 일을 해낼 수 있는 힘을 가질 수 있고, 끝까지 가지 못하는 사람의 마음을 진심으로 이해할 수 있다고 믿는다. 내 아이가 섣부른 만용으로 옆도 뒤도 안 돌아보고 마구 내달리는 아이인 것보다는 신중하고 조심스러운 아이인 것을 다행으로 여기자.

수호의 하얀 말
오츠카 유우조 글, 아카바 수에키치 그림
이영준 옮김 | 한림출판사

아이와 함께 준비하는
차례상

요리가 주는 즐거움을 깨달아 주길

꼬치 꿰고 있어, 할머니랑 나랑.
설에 할아버지 와서 드시라고.

식탁에는 찰적이랑 휴지 있고.
맛살이랑 파랑 또 고추랑 또 버섯이랑
내가 다 만들었어.

맛있었지?

부엌에는 뭐가 끓고 있는 냄비가 있고,
그 옆에는 닭다리가 있어.

내가 많이 도와줬어.

_ 일곱 살 1월 24일

작년까지는 설이고 추석이고 아버님 제사 때고, 찬영이는 아빠랑 같이 집 밖을 떠돌았다. 대개는 가까운 아쿠아리움에서 시간을 보냈고, 어린이박물관에 가거나, 극장에 가거나 해서 두세 시간쯤을 보내고 돌아오곤 했다. 음식 할 때 찬영이가 옆에 있으면 거짓말 조금 보태 1분에 한 번씩은 "엄마!" "엄마?" "엄마~" 불러대는 통에 일에 집중하기가 힘들다. 남편이 아이를 데리고 나가 있는 동안 불을 써서 하는 일은 끝내야 했다. 나머지 일들은 아이가 옆에 있어도 마무리할 수 있는 정도의 것이었다.

올해, 드디어 일곱 살이 된 아이를 옆에 두고 함께 차례상을 준비했다. 전에 입힐 달걀을 풀 때도, "내가! 내가!" 외치고 찰적 반죽을 할 때도 "내가! 내가!"를 외치며 물을 붓느라 애썼다. 아이와 함께 설 차례상을 준비하는 일은 더디긴 했지만 즐거웠다. 부엌을 치우고, 청소를 하고, 나를 돕던 남편은 안절부절 '지금이라도 데리고 나갈까?' 하는 눈빛을 보냈지만 괜찮을 것 같았다. 여섯 살 추석 때, 찬영이가 주워 온 도토리 한 그릇(다람쥐들아, 미안해.)을 물에 불리고, 갈아서 가루를 가라앉히고, 끓여 낸 뒤 굳힌 손바닥만 한 도토리묵 한 접시를 차례상에 올린 것도 그래서였다. 양도 터무니없이 적었고, 엉성하기 짝이 없는 묵이었지만 찬영이가 느낀 자긍심은 무엇과도 바꾸기 힘든 것이라 믿었다.

"엄마, 할아버지가 맛있게 드셨을까?"

"그럼, 제일 먼저 드셨을걸!"

그러고 난 뒤, 잊을 만하면 한 번씩, "엄마, 도토리묵 할아버지가 좋아하셨겠지?" 묻곤 했다. 가게에서 도토리묵을 보면 "엄마, 나도 이거만들 줄 알아!" 했다. 도토리 줍는 것 말고 나머진 내가 다 했지만, 아이머릿속에서 그 도토리묵을 만든 건 한사코 자신이었다.

"엄마, 난 뭐 해?"

할머니와 엄마 옆에 당연한 듯 자리를 잡은 찬영이는 할 일을 달라고 요구했다.

"꼬치, 할 수 있겠어?"

"당연하지!"

버섯과 맛살, 고추와 쪽파를 차례차례 끼워 넣는 일을 맡기면서도 솔직히 '모양이 이상해도 아버님이 이해해 주시겠지?' 하는 마음이었다. 그런데 웬일! 하나하나 신중하게 이쑤시개에 재료를 끼워 넣는 찬영이의 손끝이 제법 야무졌다. 할머니 옆에서, 그 절반쯤 되는 속도로 하나씩 꼬치를 완성해 가는 모습이 어찌나 대견하던지.

선행 학습 없이 학교생활을 했으면 하는 엄마 덕에 한글을 떼지 않은 상태에서 초등학교에 입학한 아이가 있었다. 영어 유치원을 졸업한 아이들과 섞여, 출발선이 다른 곳에 서서 초등학교 생활을 시작하게 된 아이는 적응하는 데 애를 먹었다. 주눅이 들었던 아이는 엄마랑 요리를 시작하고 달라졌다. 재료를 준비하고 불 앞에서 요리를 완성하고, 가족과 나누어 먹으면서 용기를 얻었다. 어린이 심리 치료 프로그램에 미술 수업, 요리 수업이 들어 있는 것은 우연이 아닐 것이다.

그날 저녁엔 그림책 《마음을 담은 상차림》을 꺼내 읽었다. 갓 태어난 아기의 건강을 위해 차리는 삼신상, 백 살까지 건강하라고 차리는 백일상, 아이의 복된 앞날을 바라는 돌상, 신랑각시 어여쁜 잔칫상, 고임 음식 죽 늘어선 환갑상, 돌아가신 뒤 정성껏 차리는 제사상까지 김동성 작가의 아름다운 그림 덕에 기분 좋게 살펴봤다.

"때마다 상차림은 다르지만 마음은 같"다는 것을 찬영이가 이해했을지는 모르겠다. 적어도 아이가 설날 차례상 앞에서 자기와는 상관없는 상차림이라 생각하지만 않는다면 그것으로 충분하지 않겠는가.

마음을 담은 상차림
김소연 글, 김동성 그림 | 사계절

아이가 그리고 싶다는 걸 그리게 해 주세요

하루를 잘 보내고 나서 어떤 그림을 그릴까, 하는 것은 전적으로 아이 선택에 맡겨 둡니다. 어렵게 예약을 하고, 적지 않은 돈도 지불한 자동차 체험에 다녀온 날 아이는 "사탕 그릴 거야. 엄청 맛있었어!" 해서 엄마를 실망시킵니다. 그릴 것도 많고, 재미난 일도 많았던 걸 제쳐두고 사탕이라니요. 아이와 함께 실내 놀이 시설에 다녀온 날도 그랬습니다. 물에 옷 적셔 가며 신나게 놀았던 낚시 놀이나 공룡 미끄럼틀 같은 걸 그릴 줄 알았더니, "종이접기 한 거 그릴 거야." 합니다. 한마디로 아미 맘대로지요. 그리기 쉬운 걸 그려 보려는 마음일 수도 있고, 즐거움의 기준이 엄마와는 다르기 때문이기도 합니다. 아이가 선택한 소재를 존중해 주는 게 좋습니다. 엄마가 개입하기 시작하면 아이가 "그림 그리기 싫어!" 소리를 하는 것은 순식간입니다.

할머니,
생신 축하드려요!

79세 할머니와 7살 손주

할머니 생신이었어.

완전 최고 좋았어!

케이크에 불 붙여서 불었어.

할머니 좋아하시는 거 보니까 나도 좋았어.

나도 할머니 선물 드렸어.

내가 만든 비누랑 양초.

진짜 아까웠는데.

열심히 만든 거라서.

그래도 할머니가 좋아하시니까 나도 좋았어.

_ 일곱 살 2월 10일

 미역국을 끓이고, 용돈 봉투를 챙기고, 함께 먹을 해물탕을
준비해 할머니 댁에 다녀왔다.

부엌에서 분주한 엄마 뒤를 졸졸 따라다니던 찬영이는 이런저런
잔소리를 계속 해댔다.

"엄마, 국이 팔팔 끓어."

"엄마, 고기 뜨거워. 조심해."

미역국에 넣을 국거리 쇠고기를 미리 끓여 손으로 찢고, 불려 놓은
미역 넣어 다시 끓이는데 그걸 보고는 계속 뭐라 하는 찬영이. 참견도
하고 싶고, 뭔가 같이 하고 싶기도 한 거다.

"엄마, 할머니 케이크는 어디서 사?"

"엄마, 아까 할머니 용돈 봉투 챙겨야 한다며?"

짬짬이 아이 말에 상대도 해 주고, 점심 챙겨 먹고, 어머님 댁에 가
져갈 것도 챙기느라 정신이 없다. 잠시 아이가 정신을 쏟을 무언가가
필요했다.

"너, 할머니 생신 선물은 뭘로 할 거야?"

"아, 생각 못 했네!"

그러더니 여기저기 뒤지기 시작한다.

어린이집에서 생일 맞은 친구나 형아들에게 주던 선물은 나들이 가서 주운 돌멩이, 노랗고 빨간 열매, 억새 다발이나 구절초 꽃다발 같은 것들이었다. 아이 생각에도, 할머니한테는 그런 거 말고 다른 선물을 드리고 싶었던 모양이다.

"엄마! 엄마! 이거 어때?"

2주 전에 찬영이가 비누 만들기 체험 가서 만들어 온 비누 가운데 분홍색 산타할아버지 비누랑 노란색 레고 모양 비누를 예쁘게 담아 드리기로 했다. 밀랍으로 조물조물 만들었던 루돌프 양초까지 아낌없이 담았다. 와, 통 큰 녀석! (망가진다고 만지지도 못 하게 하던 걸 선물로 내놓다니!)

할머니랑 같이 케이크에 꽂은 초들(큰 초가 7개, 작은 초가 무려 9개! 찬영이는 엄청 신나라 했다!)에 불 붙이고, 후~~ 불을 끄고, "생신 축하합니다~" 노래를 부르는 동안 아이의 볼은 발그레 상기됐다.

생일이란 게 어느 정도 나이가 지나면, 조금씩 심드렁해지기 마련이다. 그러다 아이가 태어나고 아이가 케이크와 촛불에 집착하기 시작하면 생일 축하 자리의 의미도 완전히 달라지는 경험을 하게 된다. 찬영이가 태어나기 전에는 우리 모두에게 그저 그런 날이었던 생일이,

아이 덕분에 재미있는 날이 되었다.

사노 요코의 그림책 《하지만 하지만 할머니》(엄혜숙 옮김, 상상스쿨 발행)에는 99번째 생일을 맞은 할머니가 나온다. 맛있는 케이크를 구워 함께 사는 다섯 살 고양이와 함께 먹기로 하고, 고양이에게 케이크에 꽂을 초를 99자루 사 오라고 부탁했다. 그런데 서둘러 돌아오던 고양이가 냇물에 초를 빠트려 달랑 다섯 개만 들고 온다.

"다섯 자루라도 없는 것보다 낫지."

할머니는 케이크에 초를 꽂고 '다섯 살' 생일을 축하하게 됐고, 다섯 살 마음으로 돌아간 할머니는 냇물을 껑충, 고기를 잡으러 첨벙, 아주 신나는 시간을 보낸다.

저어, 나 어째서 좀 더 일찍 다섯 살이 되지 않았을까.

내년 생일에도 양초 다섯 자루 사 가지고 오렴.

사노 요코의 유머 코드를 좋아하는 나로서는 이 그림책을 읽을 때마다 터져 나오는 웃음을 참느라 고역일 정도다. 의사로부터 얼마 살지 못한다는 말을 듣자마자 절망은커녕 '그렇다면 이제라도' 하는 마음으로 스포츠카를 사 버린 사노 요코라는 작가의 천진난만함이 그림책에 고스란히 담겨 있는 것 같아, 이 책을 특히 좋아한다.

　물론, 나이는 숫자에 불과하다는 말은 정작 당사자에게는 굉장히 넘기 힘든 벽으로 느껴질 수도 있다. 그러나 시어머니 생각만 해 보면, 올해 무려 열여섯 개(큰 거 7, 작은 거 9)나 필요했던 초가 내년이면 달랑 여덟 개로 줄어든다. 그만큼 더 단순해지고, 더 또렷해지는 거라고 생각하고 싶다.

하지만 하지만 할머니
사노 요코 글, 그림, 엄혜숙 옮김 | 상상스쿨

아빠와 아들만
같이 할 수 있는 일

마음이 꼬였을 땐 목욕으로 풀자

아빠랑 목욕탕 다녀왔어. 처음이야.
요기 파란 데가 찬물, 요기 오렌지색이 뜨거운 물, 가운데는 그냥 따
뜻한 물이야.
중간 탕에서 노는 게 제일 재미있었어.
목욕탕에 들어가 있는 거
엄청 좋았어.

아빠가 때 벗길 때 좀 아팠는데,
그래도 참을 만했어.
목은 간지러웠고.
지금 생각해도, 흐흐흐.

사람은 엄청 쬐끔이었어.
세 명밖에 없었어.

《 판다 목욕탕 》 생각났어.

_ 여섯 살 12월 31일

어렸을 때, 같은 반 남자아이들이 아빠랑 같이 야구장에 가는 게 좋아 보였다. 우리 아버지는 옛날 사람이라 딸 손 잡고 여기저기 다니는 분이 아니었다. 딱히 갈 수 있는 곳이 많지 않았던 것도 사실이지. 언니들이랑 다 같이 자전거를 끌고 범어동에서 수성못까지 4킬로미터 남짓한 길을 달린 것이 유일하게 기억나는 소풍이다. 큰오빠 군대 가기 전에 사진 찍자고 동물원에 다녀온 적이 있긴 하지만 그건 목적이 소풍이 아니었으니까. 목적 없이 '그냥' 놀러 나가는 일은 우리 가족에게 드문 일이었다.

엄마랑 같이 영화관에 가는 친구들도 무척 부러웠다. 교과서 말고는 읽고 싶은 책을 사는 일도 어려웠으니, 말 다했지. 그런 엄마가 유일하게 막내딸인 나랑만 같이하는 일은, 목욕이었다. 언니들은 다 커서 알아서들 목욕탕에 다녀왔다. 엄마랑 같이 목욕탕에 가는 게 나는 엄청 싫었다. 엄마는 내 피부가 빨개지도록 문질렀다. 몇 번이고 그 여린 살을 벗겨냈다. 아프다고 해도 막무가내였다. 목욕하고 나와도 그 흔한 요구르트 한 병 사 주지 않았던, 절약이 몸에 밴 탓에 아이의 마음까지 헤아려 주지는 못했던 울 엄마.

나의 어린 시절은 그랬지만, 찬영이에게는 아무 목적 없이 '그냥' 놀러 가는 일을 많이 만들어 주고 싶었다. 그게 생각보다 쉽지 않다는 건 금방 깨달았지만. 월화수목금 내내 일하면서 이런저런 스트레스를 받고 나면 주말에는 집에서 늘어져 있고 싶었다. 심심해하는 아이는 연방 "놀아 줘!" 외쳤지만 늦잠도 자지 못하는 주말 아침이 피곤하기만 했던 날들. 아이가 한 살 때는 밤에 깨지 않고 자는 게 소원이었는데, 지금은 토요일, 일요일에 깨우는 사람 없이 늦잠 한번 실컷 자 보는 것이 소원이다. 그 소원 참 소박하기도 하다. 형편이 그러하니 아이 아빠가 아이를 데리고 밖에 나가 주면 그것만큼 고마운 일이 없다.

　그림책 《판다 목욕탕》은 아빠와 함께 목욕탕에 간 판다네 이야기다. 아이와 아빠가 옷을 벗는 장면에서 독자들은 빵 터진다. 안경을 벗는 장면에서도. 찬영이와 이 책을 처음 읽었을 때, 옷 벗고 양말 벗고 안경 벗는 장면에서 얼마나 웃었는지 모른다. 먼저 나온 아빠와 아들이 엄마 판다가 늦는다고 투덜대는 디테일도 재미있었다. 표지에 "쉿! 판다의 특급 비밀! 지금 공개됩니다."라는 문구를 스티커로 붙여 놓은 것도 인상적이었다. 아이들이 그림책에서 얻는 즐거움을 어른도 충분히 누릴 수 있다는 것을 몸으로 확인시켜 주는 그림책이다.

　난생 처음 아빠랑 공중목욕탕에 다녀온 날, 찬영이는 목이 간지러웠다며 많이 웃었다. 기분 좋은 시간이었던 것 같아 다행이었다. 집에서도 목욕 담당은 아빠였으니까 힘들지 않게 다녀온 것 같다. 집에서는 작은 목욕통에 들어가 제대로 놀지도 못하는데, 따뜻한 물이 그득한 목욕탕에서 놀다 오니 그 아니 좋았을까. 목욕탕 가는 일이 고역이었던 엄마에 비하면 얼마나 다행인가. 게다가 아이와 목욕탕 나들이는 아빠에게도 무척이나 감동적인 일이다. 아이와 맨살 부비부비하는 것도, 고사리손에 타월을 끼워 주며 "아빠 등 좀 밀어 줘!" 하던 순간의 뿌듯함은 말로 다 못한다. 내가 이 아이를 이만큼 키웠구나, 하는 마음에다 아버지와 함께 목욕탕에 가던 그리운 순간도 떠오를 수밖에 없다. 뭔가 꼬인 일이 있거나 맺힌 마음이 있을 때 아들 손을 잡고 목욕탕에 가면 저절로 마음이 풀릴 것도 같다.

아쉬운 것은 그 좋은 걸 엄마인 나는 아이와 같이 못 한다는 것 정도겠다. 목욕탕은 아빠랑만 갈 수 있다. 다섯 살 때부터 이미 엄마랑은 수영장 탈의실도 같이 못하는 것이 요즘 남자아이들이다. 앞으로 남은 날들 동안 내가 따라가서 함께하지 못하는 것들이 많이 생길 것이다. 아이의 성장과 독립을 기쁜 마음으로 지켜보는 엄마여야 할 텐데, 쬐금 걱정이다. 흠.

판다 목욕탕
투페라 투페라 글, 그림, 김효묵 옮김
노란우산

함께 읽을 그림책도 아이가 고르게 해 주세요

"아빠랑 목욕탕 다녀온 그림 그렸으니까 오늘은 《팔딱팔딱 목욕탕》 읽을까?"

아빠와 함께 목욕탕에 가서 겪은 이런저런 일들을 그린 목욕탕 그림책이 딱 떠올라서 이야기하면 아이는 단호하게 이야기합니다.

"아니, 오늘은 《판다 목욕탕》이야!"

판다 목욕탕은 아빠와 아들이 목욕탕 간 것에 초점을 맞추었다기보다는 판다 특유의 검은 얼룩이 사실은 선글라스이고, 양말이고, 옷이라는 설정에 집중해서 읽게 되는 유머러스한 그림책입니다. 엄마 생각에는 《팔딱팔딱 목욕탕》을 곁들이면 할 이야기도 더 많고, 아이가 그린 그림과도 딱 맞아떨어질 것 같습니다.

그래도 강요하지는 않습니다. 아이 마음에 더 꼭 맞는 그림책이 있는데, 그걸 제쳐두고 다른 그림책을 골라 함께 읽자고 하면 즐거움이 줄어듭니다.

어디까지나 아이가 선택하고 엄마나 아빠는 그저 거들기만 하는 것이 좋습니다.

너의 꿈을
응원할게

일곱 살의 자연사박물관 사용법

자연사박물관에 갔어.
앞에서 선생님이 설명해 주고 있고,
여기(오른쪽 아래, 책상 앞에 앉아 있는 아이 가리키며), 이게 나야.

여기 앉아서 비누도 만들었어.
여러 가지 색깔 병에서 골라서 고양이 발자국 비누 만들었어.
나는 분홍색 골랐어.

문어랑 해골이랑도 봤어.
박물관에 신기한 거 엄청 많아.
다음에 또 갈 거지?

_ 일곱 살 1월 3일

한동안 아이의 꿈은 고고학자였다. 유달리 호기심이나 탐구심이 뛰어난 아이여서 그런 것은 아니다. 오로지 해골, 뼈다귀가 좋아서 그런 거였다. 뼈다귀 나오는 책만 보고 뼈다귀 그림이 그려진 옷을 사 달라고 한참 조르기도 했다. 해적이나 해골이 왜 그렇게 좋은 걸까? 아이가 자꾸 뼈다귀 얘기를 하니까 아빠가 "고고학자가 되면 말이야, 맨날 뼈다귀 만질 수 있어. 어때, 재밌겠지?" 그랬다.

그때부터 아이의 꿈은 고고학자였다. 해적이 되겠다고 하니, "그것보다는 해적 잡는 해군이 더 멋지지 않아?" 하던 아빠였다. 아빠의 속셈과는 상관없이 아이는 "해군이 뭐야? 싫어! 해적이 될 거야! 해군 같은 거 다 물리칠 거야." 했다.

그런 아이와 자연사박물관에 가는 것은 엄마에게도 신나는 일이었다. 아이가 좋아하는 온갖 동물의 뼈다귀, 공룡, 화석들이 다 모여 있는 곳이니까 말이다. 그래도 아직 어린 아이를 데리고 가기에는 먼 길이어서 자주 가지는 못했다. 일 년 동안 자연사박물관 찾는 사람들 중에 백만 명 이상이 고양시 사람들이라고 하는데 아이 데리고 딱 한 번밖에 못 다녀왔다. 이제 아이도 컸으니 좀 더 자주 갈 수 있겠지.

방학 중에 어린이와 초등학생들 대상으로 하는 여러 가지 강연 중에서 "개와 고양이"라는 프로그램을 신청해서 들었다. 신나게 박물관을 누비는 아이들을 보는데, 뭔가 아이가 저절로 똑똑해지는 착각이 들더라. 하하.

이정모 관장님이 서대문자연사박물관장으로 계실 때 《박물관을 나온 긴손가락사우르스》라는 책이 출간됐다. 그림책 중간에 이정모 관장님을 꼭 닮은 인물이 나와서 나도 모르게 푸핫 웃고 말았다. 이정모 관장님을 한 번이라도 본 사람이라면 바로 찾을 수 있다! 밤이 되면 살아나는 박물관 동물들이 세상 구경 다니는 이야기인데, 기본 얼개만 보면 《이상한 자연사박물관》이랑 비슷하다 싶지만 이 책은 '우정'에 좀 더 무게를 두고 있다. 개한테 꼬리를 빼앗기는 이야기랄지, 유머 코드가 남달라서 아이들이랑 함께 보기에 딱이다.

아이가 관심을 가지는 것들 모두를 만족시키며 살 수는 없을 것이다. 그건 가능한 일이 아니다. 그러나 조금만 방향을 달리하면 아이가 좋아하는 것들을 함께할 길은 얼마든지 있다.

박물관을 나온 긴손가락사우르스
박진영 글, 그림 | 씨드북

눈 오는 날

신나게 놀았지만 마음에 남은 것은 고요함

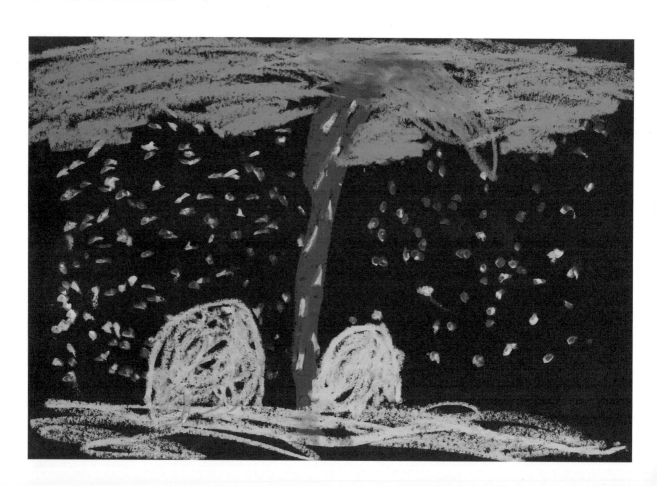

꼭 '겨울왕국' 같지?

눈이 와서 집 앞에 나갔어.
엄마랑 눈싸움도 하고, 눈사람도 만들었어.

엄마랑 나는 안 그렸어.
엄마랑 나를 그리면 눈이 잘 안 보이잖아.

나는 소나무가 제일 아름다워.
줄기에 세로무늬도 멋지지?

_ 일곱 살 2월 17일

아침에 일어나 보니 세상이 온통 하얗다. 올 겨울만큼 눈이 귀했던 때가 또 있을까? 기후 위기를 온몸으로 체험하는 계절이었다. 아이는 창 밖으로 보이는 눈세상을 그냥 넘기지 못한다. 당연하다.

"엄마, 나가자!"

발을 동동 굴렀다. 장갑에 모자에 스키바지까지, 만반의 준비를 하고 집을 나섰다. 난분분 날리는 눈은 쌓이는 속도보다 녹는 속도가 더 빨라 보였다. 아이는 아랑곳없이 신나게 논다.

"엄마, 받아랏!"

조그맣게 뭉친 눈은 턱도 없는 곳에 뚝 떨어지고 말았다. 이번엔 엄마 차례다.

"내 눈 공 받아랏!"

아이는 까르르 도망다니고, 그 뒤를 허덕이며 쫓아가는 엄마. 5분도 못 돼 완전 방전이다. 아이를 구슬러 조그만 눈사람을 만들기 시작했다. 얼마 안 되는 눈을 굴리고 또 굴려 겨우 조그만 눈사람을 만들었다.

그런데 그 귀한 걸 강아지가 뛰어와 뭉갰다. 아이는 망연자실, 그러나 "정말 죄송해요. 얘가 아직 4개월밖에 안 된 애라서요." 개 주인의 말에 울지도 못한다. 자기보다 턱도 없이 어린 아가가 아닌가 말이다. 태어나서 처음 보는 눈이 강아지에겐 얼마나 신기했을까? 태어나서 처음 보는 눈사람이 얼마나 재미있어 보였을까? 좋아서 방방 뛰는 강아지를 보고 화를 낼 재간이 없었다. 울먹울먹, 그러나 눈물을 꾹 참는 일곱 살의 표정이 얼마나 귀엽던지!

생각해 보면 아이가 처음 눈을 봤을 때도 꼭 저랬다. 처음엔 조심스러워서 손만 겨우 내밀었다가, 다음 순간엔 발로 꾹꾹 눌러 보다가, 그 다음 순간엔 눈과 혼연일체가 되어 굴렀다. 눈이 오면 가장 신나는 건 애들이랑 강아지라는 말이 그냥 나온 말이 아니다.

집에 돌아와 그림을 그렸는데, 뜻밖에 주인공이 우리가 아니다. 당연히 엄마랑 자기를 그릴 줄 알았는데.

"눈싸움 하는 거 안 그리고?"

"응, 이거 그리고 싶었어."

아이 마음에 남은 고요한 한순간. 가만히 눈을 바라보던 짧은 순간이 그렇게 그림으로 새겨졌다. 아이의 그림을 보고 진심으로 감동한 순간이다. 특별한 움직임 없이도, 한순간의 아름다움을 잡아내는 힘이 생긴 것 같아 대견했다. 또 한 발자국 앞으로 나아간 것을 느낀다. 아, 가슴 뻐근하다.

　이런 날에는 에즈라 잭 키츠의 《눈 오는 날》을 함께 읽으면 딱인데, 아무리 찾아도 보이지 않는다. 분명히 여기 어디쯤 뒀는데 어디 갔을까? 하긴, 안방, 서재, 아이 방 곳곳에 늘어놓은 그림책 더미에서 원하는 책을 바로 찾겠다고 생각하는 게 무리긴 하다. 할 수 없이 《케이티와 폭설》로 만족해야겠다. 물론, 이 책도 훌륭한 책이지! 빨간색 크롤러 트랙터 케이티가 폭설에 뒤덮인 마을을 누비며 "저만 따라오세요" 하는 이야기에 아이들은 푹 빠진다. 이렇게 멋진 빨간 트랙터에 반하지 않을 수가 없지, 암. 케이티 덕에 마을 사람들은 눈속에서도 길을 찾고, 사람을 구하고, 배달도 했다. 한바탕 신나는 모험을 한 것 같다. 고맙다, 케이티.

케이티와 폭설
버지니아 리 버튼 글, 그림, 홍연미 옮김
시공주니어

안경이 쓰고 싶을
나이

아이 눈에 비친 자기 얼굴

안과 다녀왔어.

눈 검사했는데, 안경 쓰니까 잘 보였어.

나 안경 쓰고 싶어.

왜? 안 돼?

안경 쓰면 좀 웃겨.

안경 원숭이처럼. 하하하.

_ 일곱 살 2월 13일

여섯 살 영유아검진 때, 안과 전문 병원에 가서 정밀 검사를 받아 보라는 권유를 받았다. 양쪽 다 시력이 0.5밖에 안 나왔다. 어린이 시력 발달은 아이마다 다 차이가 있고, 늦는 아이들도 있다고 들었지만 혹시라도 고칠 수 있는 안질환을 무턱대고 그냥 두었다가 낭패를 볼 수도 있다는 생각에 걱정이 되기도 했다. 일단은 의사의 권유대로 안과 전문 병원을 찾았다.

시력 검사도 다시 하고, 동공이 커졌다 작아졌다 하지 않도록 조절 마비제를 넣어 굴절도 검사도 하고 안압 검사 등 할 수 있는 검사를 다 했다. 눈에 조절 마비제를 넣고 두 시간을 기다려야 했는데, 눈에 약을 넣는 것도 무섭고 병원에서 기다리는 시간도 지루해서 아이도 나도 녹초가 되는 검사였다.

괜한 지레 걱정으로 아이를 고생시키는 건 아닐까, 싶어 미안했다. 그렇다고 고칠 수 있는 병을 미리 발견할 수 있는 기회를 날려 버릴 수는 없었다. 아, 이런 선택의 순간들은 끝이 없구나.

아이가 뱃속에 있을 때도 선택의 순간은 늘 있었다. 마흔에 임신을 했으니, 병원에서는 양수 검사를 권했다. 기형 유무를 미리 확인하자는 것이었다. 아이 머리 둘레가 평균보다 크다는 이야기도 했다. 오래 전에 양수 검사 장면을 담은 다큐멘터리를 보지 않았다면, 해 보기나 하자고 생각했을지 모르겠다. 그 화면에서 뱃속 아기는 양수 검사를 위해 뱃속에 들어온 바늘을 피해 이리저리 몸을 옹송그렸다. 내 아이에게 그런 두려움을 느끼게 하고 싶지 않았다. 검사 비용도 꽤 비쌌다. 병원 측에서 검사를 권하는 이유 중에, 그것도 들어 있지 않을까, 하는 생각이 들었다.

남편과 오래 이야기했다. 그럴 가능성이 있다면, 그러니까 양수 검사를 해서 아이에게 이상이 있다는 걸 알게 되면, 의사의 우려대로 다운증후군 '가능성'이 있다는 말을 듣게 되면 아이를 포기할 거냐고. 두 사람 다 아니라고 했다. 병원에서 틀림없이 다운증후군이라고 했는데 낳고 보니 아니더라는 누군가의 이야기도 떠올렸다. 흔들리지 말자고 했다. 우리에게 찾아와 준 아이에게 미안할 일은 만들지 말자고 했다.

불안을 자양분으로 삼고 번성하는 산업들이 자본주의에는 있다. 특히 아이들 학습과 관련된 것에 많다. 찬영이가 뱃속에 있을 때 기겁했던 광고가 있다. "태어난 뒤에는 이미 늦었을지 모릅니다." 아이가 뱃속에 있을 때부터 미리미리 학습 계획을 잡고, 교구를 들여놓고, 계획을 세우라는 내용이었다. 그렇다. 그것은 협박에 가까웠다.

그런 순간들을 지나 여기까지 왔다. 앞으로 남은 선택들은 지난 선택들에 비하면 아무것도 아닌 것들로 느껴지는 것들일지도 모른다. 하나하나 그냥 넘어가 보는 수밖에 없겠지.

　다행히 아이 눈에는 아무 이상이 없다는 진단을 받았고, 6개월에 한 번씩 검진을 오라고 했다. 그리고 일곱 살 2월에 안과에 가서 0.9, 1.0 정상 시력으로 잘 발달해 가고 있음을 확인했다. 그제야 안심이다.
　엄마가 어떤 걱정을 하고 있든가 말든가 아이는 신났다. 검사할 때 이리저리 씌워 주시는 동그란 안경들이 재미있었던 것이다. 안경 쓰고 싶어서 안달났던 어린 시절의 내가 보인다. 안경 쓰는 큰언니가 좋아 보여서, 언니 안경을 몰래 쓰고 빙글빙글 어지러웠던 기억들.
　아이도 "나, 안경 쓸래!" 한다. 웃기게 보이고 싶단다. 그냥 웃을 수밖에.

　아이 안과 담당 선생님이 신신당부를 했다.
　"제가 안과 의사라서가 아니라요. 그냥 부모로서 간곡히 부탁드리는데, 아이를 사랑한다면 스마트폰은 되도록 늦게, 가능하다면 중학생 된 이후에 사 주세요. 시력이 나빠지는 것도 물론 걱정이지만 그보다 마음에 병이 들 가능성이 높다는 게 진짜 걱정입니다."

어찌나 간곡하게 말씀하시는지, "네네, 약속 드려요!" 했다.

언젠가 아이가 "엄마, 나 핸드폰 언제 사 줄 거야?" 물어본 적이 있다. 식당에서 스마트폰으로 게임하는 형아를 본 날이었다. 어깨너머로 한참 구경하더니 갖고 싶었던지, 그렇게 물었다.

"중학교 2학년 때 사 줄 거야. 그전까지는 초등학교 들어가면 전화랑 문자만 되는 전화기 쓰게 해 줄게."

그게 내 대답이었다. 주변 엄마들은 그러면 아이가 소외감을 느낀다든가, 핸드폰으로 뭐 검색해 보는 게 초등학교 숙제인데 괜찮겠느냐든가, 세상 다 변하는데 어쩔 셈이냐든가, 그런 걱정들을 했다. 사실, 나도 언제까지 버틸 수 있을지는 모르겠다. 아이가 졸라대기 시작할 나이가 되면, 고민도 깊어지겠지. 그렇더라도 일단 내 마음속 기준은 14살이다. 중2병이 도래하면, 버티던 나도 견딜 재간이 없으리란 것이 내 계산이다. 그때까지는 어떻게든 버텨 볼 생각이다.

그림책 《빨간 안경》에는 빨간 안경을 쓰고 세상 모든 것이 그전과 다르게 보인다고 느끼는 파란 늑대가 나온다. 하늘은 온통 빨갛고, 파란 털도 전부 변했다. 안경 하나에 모든 것이 변해 버리는 걸 본 아이

가 그 어느 때보다 안경을 더 원하게 된다는 부작용이 있는 그림책이
다. 그러나 어쩌랴, 재미있는 책을 안 보여 줄 수도 없고. 어떤 눈으로
보느냐에 따라 상대방의 마음이나 겉모습이 달라 보일 수 있다는 것
을 이렇게 쉽게 알려줄 수 있다니! 그림책의 세계는 정말로 멋지다.

빨간 안경
오소리 글, 그림 | 길벗어린이

아이의 공부랑 연결하지 마세요

엄마들 중에는 그림책을 보면서 아이에게 자꾸 묻는 사람이 있습니다. "그래서 몇 사람이나 구해 준 거야?" "뭣 때문에 그래?" "케이크를 몇 조각이나 먹은 거야?" 문제를 내면서 아이가 집중하는지 확인하는 것인데요. 그림책을 이렇게 보면 하나도 즐겁지가 않습니다. 결국 아이는 "묻지 좀 마!" 소리를 지르거나 "엄마랑 그림책 안 봐!" 하기에 이릅니다. 소심한 아이라면 엄마가 뭘 물어볼까 신경쓰느라 그림책을 즐겁게 보지 못하게 됩니다.

그림책을 보는 어린이가 얻어야 할 것은 딱 한 가지뿐이라고 했습니다. 바로, 즐거움이지요. 그림일기를 쓰고 나서 함께 그림책을 볼 때도 똑같습니다. 자신이 그린 그림의 세계가 그림책으로 확장되어 가는 즐거운 경험이 되어야 하는데, 그러지 못하고 시험을 보는 기분이 되면 그 시간이 즐거울 리 없습니다.

그냥 아이와 즐겁게 그림책을 읽는 것, 아이가 겪은 일을 다른 시각으로 맛보게 해 주는 것, 그 이상의 욕심은 내지 않는 것이 좋겠습니다.

이별, 그리고
새로운 출발

만나고 헤어지는 연습

어린이집 친구들이랑 놀이방 갔어.

방방 탔어.
왼쪽은 붕붕 뛰는 방방놀이 하고 있고,
오른쪽은 물총 쏘는 놀이 하고 있어.

그물에서도 놀고,
공 던져서 괴물 맞추는 것도 재미있었어.

오늘은 내가 졸업한 날이야.
아, 내 생일인가?

_ 여섯 살 12월 20일

다니던 어린이집을 그만두고 일곱 살 3월부터는 유치원에 다니게 되었다. 마지막 등원 날, 네 살부터 여섯 살까지 함께 울고 웃었던 친구들과 아이 엄마들이랑 같이 키즈카페에서 조촐한 모임을 가지게 됐다. 아이는 형님들과 동생들한테 인사도 하고, "난 이제 유치원 다닐 거야." 해 놓고도, 곧 다시 어린이집에 올 것 같은 기분인 모양이다. 선물을 잔뜩 받으니, 그만 생일인 것 같기도 하다. 뭐 어떠랴. 만나고 헤어지는 것에 큰 의미를 부여하는 것은 어른들 일이고, 아이들은 그저 이 순간, 즐겁게 노는 게 훨씬 중요하다.

키즈카페는 별로 가 본 적이 없어서, 이렇게 본격적인 놀이 시설이 갖춰진 곳이 아이는 놀랍다. 두 시간 넘도록 엄청나게 흥분해서 뛰어다녔다. 처음 보는 아이들과도 스스럼없이 어울려 놀고, 한겨울에 땀을 한 바가지쯤은 흘렸다. 그렇게 신나게 놀다가도 다툼이 생기면 한 치의 양보도 없다.

"내가 먼저 잡았어."

"아니야, 내가 먼저 잡았어."

"너는 다른 거 하고 있었잖아."

"왜 너만 하고 싶은 거 하려고 해!"

"엄마~."

대부분 그런 식으로 흘러간다. 되도록 어른들은 개입하지 않는 것이 좋지만, 물리적인 접촉으로 번질 때는 어른이 필요하다. 어른들이 끼면 그만 놀아야 할지도 모른다는 것을 아이들도 안다.

그림책 《친구랑 싸웠어!》에는 가장 친했던 고타와 다이가 서로 주먹으로 때리고 발로 차서 싸우던 날의 이야기가 나온다. 그렇게 친했던 친구랑 싸우고 나니 아무것도 하기 싫고 아무것도 먹기 싫다. 친구가 사과하러 왔는데도 "사과하지 말란 말야!" "나는 아직 분이 안 풀렸단 말야!" 한다. 그래 놓고 실컷 울고 나서 친구를 찾아가 미안했다고 말하며 활짝 웃는다. 그리고 마지막의 반전, "그렇지만, 다음엔 내가 꼭 이길 거다." 한다. 아이들 마음을 이렇게나 정확하게 보여 줄 수 있다니, 놀랍다. 주인공의 표정이 극대화된 그림도 좋지만, 꾸밈없이 아이들 마음을 있는 그대로 보여 주는 글도 감동이다.

제주의 작은 책방에서 이 그림책을 만났다. 표지가 보이게 진열된 이 책을 보자마자 찬영이가 "엄마, 나 저거 살래!" 했던 책이다. 읽고 나서도 만족도가 높다.

친구랑 갈등 없이 사이좋게만 지내는 아이는 없다. 그런 아이가 있다면 아이 마음에 병이 있지는 않은지 살펴야 할 것이다. 싸우고 화해하고, 화내고 풀고, 그러면서 자라는 것이 아이들임을 씩씩하게 보여 주는 멋진 그림책이다.

"잘 가! 나중에 우리 집에 놀러 와."

"우리 집에도 꼭 놀러 와!"

아이와 친구들은 그렇게 헤어졌다. 아이는 당장의 헤어짐보다 두 시간 넘게 마음이 차도록 뛰어다닌 흥분에서 쉽게 헤어나지 못했다.

새로 만나는 친구들과도 좋은 친구가 되어 주렴! 싸우더라도 금방 화해해 주고. 알았지?

친구랑 싸웠어!
시바타 아이코 글, 이토 히데오 그림
이선아 옮김 | 시공주니어

치과는
무섭지만

아이가 가장 용감해지는 순간

여기는 치과야.
이 치료하러 갔어.

사진 찍었고, 철사 다시 끼웠어.
치료하는 건 좀 재밌었고,
사진 찍는 건 안 재미있었어.

선생님이 노란 전등불 내 입에 비추고 있어.
코끼리 코는 다음에도 해야 해.
안 하면 무서워.

_ 일곱 살 1월 10일

앞니 뺐어.
이~~
어때?

나 하나도 안 울었어.
아예 안 울었어.
찌금 울고 싶었지만 괜찮았어.
엄청 용감하지?
생각보다 안 아프더라.

선생님이 잘했다고 선물도 줬어.
엄마, 나, 여기도 흔들린다!

_ 일곱 살 2월 20일

다섯 살 때, 앞으로 넘어지면서 상자 모서리에 앞니를 세게 부딪치고 치과 단골손님이 되었다. 위쪽 대문니를 포함한 6개 이에 보정물을 씌워 이가 흔들리지 않게 잡아 주어야 했다. 모르는 사람들은 "벌써 교정해?" 하고 놀란다. 엑스레이 사진을 찍어 봤는데 영구치가 나오려면 아직 멀었다고, 되도록 이 이로 견뎌 보자 하신다. 일곱 살 1월에도 고정시켜 놓은 게 헐거워져서 새로 해 넣었는데, 이렇게 한 번씩 새로 손볼 때마다 아이가 엄청 힘들어한다. 왜 안 그렇겠는가. 다 큰 어른들도 치과 치료는 힘들어하는데 말이다.

아이가 심하게 움직일까 봐 웃음 가스를 마시면서 한다. 가스가 나오는 호스를 코에 끼우면 길다란 코처럼 보여서 '코끼리 코'라고 부른다. 안 그러면 치료 자체가 불가능하니까 어쩔 수 없는 일이긴 하지만 마음은 아프다. 아이 손을 꼭 잡고 힘내 주기를 바라는 수밖에.

그러다 드디어 아래 앞니가 흔들리기 시작했다. 여섯 살 12월쯤부터 흔들리기 시작했는데, 2월이 되자 걷잡을 수 없이 흔들렸다. 치과 예약을 하고, 아빠랑 같이 치과에 갔다. 치과 가기 전날부터 계속 이

얘기를 하면서 마음에 준비를 하게 했다.

"씩씩하게 할 수 있지?"

"무서우면 좀 울어도 되지?"

"물론이야!"

그러면서 엄마 어렸을 때 이 뽑던 이야기도 해 줬다.

"외할아버지가 엄마 이에 실을 감더니 나머지 끝을 문고리에 거는 거야. 왜 그러시나 몰랐는데, 딴 데 보라고 하더니 문을 꽝! 엄마 진짜 아파서 얼마나 울었다고!"

"와, 외할아버지 나빠!"

"아니, 나쁜 건 아니고 그때는 다 그랬어."

"그리고 뽑은 이는 지붕에 던지면서 '까치야 까치야 헌 이 줄게, 새 이 다오' 그랬어."

"왜?"

"까치들이 새 이 가져다 준다고 그랬거든."

다행히 아이는 이 뽑고 나서 "아, 시원해." 했다.

저녁에 앞니 빠진 아이를 안고 "앞니 빠진 갈가지(대구에선 그랬는데, 지역에 따라 중강새, 개우지, 개오지 등 다 다른 모양이다.) 개울가에 가지

마라 붕어 새끼 놀란다" 노래를 불러 줬다.

"엄마, 나 얼마나 귀여워?"

앞니 빠진 게 너무 귀여워서 어쩔 줄 몰라하는 엄마랑 아빠를 보면서 아이는 기분이 좋은 모양이다. 엄청난 일을 해낸 스스로가 대견하기도 하겠지.

그림책 《앞니가 흔들흔들》에는 엄마가 이를 빼 준다. 나중에는 아이가 스스로 이를 빼기도 한다. 대~단하다! 그렇지만 나처럼 겁 많은 엄마는 하기 힘들다. 그냥 계속 전문가의 도움을 받을란다.

치과에서 귀여운 쥐 인형 안에 이를 담아 줬다. 인생의 첫 고비를 이렇게 잘 넘어왔다는 명확한 증거! 자랑스럽고 대견하다.

앞니가 흔들흔들
곽영미 글, 사카베 히토미 그림 | 느림보

함께 하니
더 좋지

차이를 차별로 인식하지 않게 도와주자

비누 만들러 갔어.

하은이랑 둘이.

온갖 모양 비누가 있었어.

아이스크림 비누, 펭수 비누, 돌 모양 비누.

나는 레고 비누 만들었어.

재미있었어.

_ 일곱 살 1월 16일

어린이집을 그만두고 여섯 살 동생 하은이와 자주 만났다. 같이 놀이터에도 가고, 요리도 하고, 알모책방도 같이 가고, 서로의 집을 난장판으로 만들기도 하면서 놀았다. 잘 놀다가도 곧잘 싸웠다. 둘 다 외동이라 더 그런 것 같았다. 양보에 익숙하지 않은 채로 모든 것을 비교하고, 그러면서도 서로를 그리워하는 사이랄까.

하은이랑 둘이 놀 때 가장 많이 들리는 소리는 "왜 찬영이 오빠는 나보다 더 많아?" "왜 찬영이 오빠는 두 개야?" "하은이는 그렇게 안 하잖아. 왜 나만 하라고 해?" "하은이는 왜 세 개야?" 하는 소리들이다. "너희들이 이러면 어쩔 수 없지 뭐. 그만 헤어져야겠다." 하면 "싫어, 더 놀 거야!" 하기 일쑤다.

남의 아이는 객관적으로 보기가 쉽다. 내 아이보다 더 너그럽게 보게 된다. 내 아이에게는 불가능한 이성적 판단이 가능해진다. 그래서 아이가 다른 친구와 놀 때, 엄마 역시 많은 것을 배우게 된다. 혹시라도 엄마가 오빠를 칭찬하기라도 하면 저 멀리서 뛰어와 "나는?" "하은이는?" 하면서 칭찬을 요구하는 소머즈 귀 하은이. 자기 욕망에 저렇게 솔직할 수 있는 게 부럽다. 사랑스럽다. 그런데 내 아이가 그러면 똑같은 행동이라도 '이렇게 자기 마음만 내세우는 게 괜찮을까?' 고민하게 된다. 거리두기가 안 되기 때문일 것이다. 모든 아이가 자기만의 특별한 색깔을 잃지 않도록 하려면 자기 아이와 적당한 거리두기가 필요한 것 같다.

혼자 있고 싶기도 하지만 외로운 건 싫고, 마음에 안 드는 걸 확 얘기하고 싶다가도 싫은 마음을 솔직히 드러내 상대방에게 미움 받긴 싫다. 이것이 어른이 되면서 자연스럽게 가지게 되는 태도일 것이다. 인간은 사회적 동물이니까. 아직 사회화가 덜 된 아이들이 보여 주는 귀여운 솔직함들에 너그러워지는 것, 연습이 필요한 일이다.

하은이랑 놀면서 또 하나 좋은 것은 여자아이, 남자아이에 대해 가지기 쉬운 편견에 덜 노출될 수 있다는 거겠다. 산에 오르는 것도 좋아하고, 신나게 물놀이하고, 놀이터에서 맨발로 뛰어다니는 걸 좋아라하는 하은이에게 하은이 엄마는 "여자가 그러면 안 돼!" 소리는 절대로 하지 않는다. 엄마들이 자연스럽게 받아들이는 것은 아이들도 자연스럽게 받아들인다. 그래서 어른들의 태도가 중요하다.

새로 다니게 된 유치원에서 방과후 수업으로 발레, 축구, 줄넘기 같은 걸 한다. 찬영이한테 들으니 발레는 여자아이들만, 축구는 남자아이들만 한다고 했다. 여자아이들이 발레할 때 남자아이들은 그림을 그리고, 남자아이들이 축구할 때 여자아이들은 그림을 그린다고.

"찬영아, 남자도 발레할 수 있어. 혹시 너도 하고 싶으면 말해!"

"싫어. 나는 절대 안 해."

"발레하는 남자가 얼마나 멋진데! 너, 빌리 엘리어트라는 형아 얘기 해 줄까?"

"싫어, 나는 축구만 할 거야."

"아니, 너한테 발레하란 얘기가 아니라, 남자도 발레할 수 있다는 얘길 하는 거야. 그 형아 아빠는 형아한테 권투를 하라고 했는데, 이 형아는 발레가 그렇게 좋더래."

그러면서 남자 무용수들이 만든 역동적인 "백조의 호수" 공연 보러 갔을 때 얼마나 감동적이었는지, 빌리 엘리어트가 얼마나 멋진 사람이 었는지, 장황하게 이야기를 했다. 아이가 그중의 얼마나 많은 부분을 이해했을지, 알 수는 없다. 사는 내내 남자는, 여자는, 으로 시작하는 고착하된 성 역할의 편견들을 만나게 될 텐데, 조금이라도 그 시기를 늦추고 싶다. 할 수 있는 최선을 다하고 싶다.

찬영이가 집에 있는 동안 출근을 하지 않았고, 유치원에 다니기 시작한 뒤로도 재택 근무를 계속했다. 그러다 보니 아침 풍경이 좀 달라졌다. 같이 출근할 때는 아침 준비는 내가, 먹고 난 설거지는 내가 출근 준비를 하는 동안 남편이 했다. 찬영이 유치원에 데려다 주고 와서 집으로 오게 되니 출근이 바쁜 남편에게 설거지를 하고 가라기가 미안했다. 빨래 개키는 것도, 재활용품 버리는 것도, 집에 있는 내가 할 때가 많아졌다. 상황이 달라진 건데, 그 잠깐 사이에 아이는 그 변화를 고정적인 것으로 받아들이고 있었다.

〈한살림〉 매장에 가서 장을 볼 때였다. 찬영이가 "수박 먹고 싶어. 수박 사자." 하기에 "너무 무거워서 안 돼. 오늘은 엄마 다른 짐이 많으니까 나중에 아빠 올 때 사 오라고 하자." 했더니 아이가 그런다.

"안 돼. 지금 사. 엄마는 왜 자기 일을 아빠한테 미루려고 해?"

정말이지 깜짝 놀랐다. 어째서 수박 사는 걸 '엄마 일'이라고 생각하게 된 걸까? 아이랑 집에서 몇 달 보내는 동안 아무래도 엄마가 집안일을 하는 모습을 많이 봐서 그렇게 된 모양이었다. 아이를 붙들고 한참 얘기했다.

"남자 일, 여자 일, 아빠 일, 엄마 일이 따로 있는 게 아니야. 서로 상황에 맞춰 도와가면서 함께하는 거야. 찬영이도, 엄마도, 아빠도 우리 집에서 함께 살고 있잖아. 누구 한 사람만 도맡아 해야 할 일이 따로 있는 게 아니야. 찬영이가 좋은 어른이 되었으면 좋겠어. 그래서 엄마가 이런 얘기 하는 거야."

남자아이의 엄마가 된 뒤부터 내가 한 결심이 있다. 괜찮은 남자 어른으로 길러 내기! 차이와 차별을 구분 못 하는 사람 되지 않게 하기. 신사다운 태도가 몸에 밴 아이로 키우기. 쉽지 않구나, 그 길이. 적어도 《종이 봉지 공주》의 로널드 왕자처럼 바보짓은 하지 않는 아이로 키우고 싶다.

그림책 《종이 봉지 공주》는 옛이야기를 오늘에 맞게 제대로 다시 쓴 이야기다. 우리가 익히 아는 왕자와 공주의 역할이 완전히 바뀌어 있다. 로널드 왕자와 결혼하기로 되어 있던 엘리자베스 공주의 성에 용이 나타나 왕자를 잡아갔다. 용의 불길에 옷이 몽땅 타 버리고 없자 공주는 종이 봉지를 입고 용을 찾아 나섰다. 용감한 공주는 드디어 지혜롭게 왕자를 구했다. 그런데 기껏 구해 줬더니 왕자가 공주에게 하는 말 좀 보게.

"엘리자베스, 너 꼴이 엉망이구나. (…) 진짜 공주처럼 챙겨 입고 다시 와."

로널드가 얼마나 형편없는 사람인지 알게 됐으니, 용에게 감사해야 할 지경이다. 이런 사람인 줄 모르고 결혼했으면 어찌되었겠는가.

종이 봉지를 입은 수많은 엘리자베스들이 씩씩하게 새로운 삶을 열어 나갈 것을 응원한다. 또한 하루바삐 수많은 로널드들이 잘못을 깨닫고 엘리자베스의 용맹과 지혜를 찬양하게 되기를 바란다. 그런 어른으로 자랄 수 있도록, 최선을 다해 보련다!

종이 봉지 공주
로버트 먼치 글, 마이클 마르첸코 그림
김태희 옮김 | 비룡소

아이들은 모두
예술가

심심할 때 쏟아져 나오는 놀라운 것들

새들이 술래잡기하고 있었어.
자전거 세우는 데 위에 한 마리 앉았는데
다른 한 마리가 여기저기 쫓아다녔어.
재미있을 것 같아서 그렸어.

_ 일곱 살 2월 27일

"놀아 줘. 심심해."

주말 아침에 가장 먼저 들리는 소리다. "배고파, 밥 줘."가 먼저가 아니라 "놀아 줘, 심심해."가 먼저다. 아이에게 놀이가 얼마나 중요한 것인지 알면서도 주말 아침의 늦잠을 포기하는 건 정말 아쉽다. 어렵다. 싫다.

"5분만. 10분만." 하면서 뭉갤 수 있는 한 뭉갠다. 조금만 더 있으면 찬영이와 내 처지가 반대가 되겠지. 그때까지는 뭉개 볼란다. 그러는 동안에도 신기하게 아빠는 안 건드린다. 아이도 아는 거지, 자기가 필요한 걸 얻을 수 있는 상대가 누구인지 말이다. 안방에 와서 엄마를 한참 흔들어 깨우던 아이가 갑자기 잠잠해졌다. 조용해지면 불안하다. 무슨 사고를 치고 있는 걸까? 아이들은 조용하면 뭔가 하면 안 되는 일을 하고 있을 때가 많다. 잠이 퍼뜩 달아났다.

거실에 나가 보니 아, 창가에 멋진 풍경이 펼쳐져 있었다. 햇살 쏟아지는 창가에 스케치북을 가져다 두고, 연신 창밖을 흘깃거리며 그림을 그리고 있다. 그야말로 '심쿵'하는 순간. 등 뒤로 다가가도 모를 만큼 열중해서 그린다. 이런 때는 백허그가 자연스럽지, 암. 사랑을 가득 담아 아이를 안았다.

"아이, 엄마 저리 가. 나 지금 바쁘단 말이야."

흠흠. 감동은 황급히 사라져 갔다. 일어나라고 깨울 땐 언제고 이렇게 모른 척한다고? 참 내. 그래도 예쁜 건 예쁜 거니까. 아침 먹고, 엄마가 씻으러 간 사이에도 그림은 계속됐다. 혼자 창밖을 건너다보면서 못다 그린 그림을 그렸다. 놀라운 집중력!

토요일 아침이면 텔레비전 보여 달라고 떼쓰는 게 일상인데, 이날은 달랐다. 아이가 이른 아침의 고요와 혼자 깨어나 자기만 아는 풍경을 만나는 즐거움을 맛본 날이어서인지, 텔레비전보다 완성하지 못한 그림이 먼저였다. 아이가 보내는 하루를 너무 꽉 채우지 말라는 이야기들이 왜 나왔는지 그제야 알 수 있었다. 머리로는 알았으나 정작 그 뜻을 몸으로 헤아리진 못했는데, 심심하지 않았다면 가질 수 없었을 멋진 하루를 아이가 갖게 된 것 같아 기뻤다.

"에코샵 홀씨"에서 만든 '홀씨 사운드박스'를 산 지 얼마 안 됐던 때라 더 그랬을지 모르겠다. 새 소리를 녹음한 작고 동그란 통이 네 개씩 들어 있는 세트가 '이웃새_산' '이웃새_들' '이웃새_공원'까지 세 가지였다. 곤줄박이 소리가 나는 작은 통을 들고 나가 손을 번쩍 든 채 나무

위 진짜 곤줄박이들에게 소리를 들려주었다. 그러고는 "친구인가? 하면서 올 거야." 믿고 있는 아이의 말대로, 누군가 고개를 갸웃거리며 다가와 주기를 기다렸다. 새들 소리가 어쩌면 그렇게 다들 어여쁜지, 눈을 감고 열두 마리 새 소리를 한꺼번에 듣고 있노라면 여기가 숲인지 집인지 구분이 안 됐다.

매미랑 개구리, 풀벌레 소리를 모아 놓은 사운드박스도 따로 있었는데 때와 장소가 맞질 않아 새 소리만큼 흥미로워하지 않았다. 뭐니 뭐니 해도 자신의 생활반경 안에서 누릴 수 있는 것들이 최고인 것 같다. 멧비둘기 소리, 붉은머리오목눈이 소리를 숲에 가서 들어볼 기회가 없었다면 아이가 그렇게까지 좋아하진 않았겠지.

아무튼 그런 덕분에 새들 이름을 외고, 친근하게 생각하기에 이우만 작가의 책《새들의 밥상》을 같이 들여다봤다. 찬영이에게는 아직 어려운 책이지만 그림만 봐도 되고, 또 엄마가 읽어 주면 되니까. 도감이 이야기책과 다르다는 것 정도는 알고 있으므로, 아이도 그 많은 글자들을 다 읽어 달라고는 하지 않는다. 넘기다가 궁금한 장면이 나오면 무슨 장면인지 묻기도 하고, 그림 아래 설명을 읽어 달라고 하기도 하고, 동네에서 자주 만나는 "쇠박새 찾아 줘" 부탁하기도 한다. 그림을 찾아 주면 "얘가 아까 가로등 아래 구멍에 쏙 들어가는 거 봤지?"

"우리 유치원 가는 길에 까치가 나뭇가지 물어 날라서 둥지 만들었는데, 거기 아기 까치가 태어났을까?" 하는 이야기들을 나눈다. 스토리가 있는 그림책도 물론 좋지만 이렇게 도감을 함께 보는 시간도 참 좋다. 그리고 이왕이면 사진보다는 그림 도감으로 보여 주려고 애쓴다. 엄마 취향이기도 하고, 사진보다는 그림 도감의 섬세함이 더 아름답게 여겨져서이기도 하다.

새들의 밥상
이우만 글, 그림 | 보리

산을 만나는
여러 가지 방법

아파트에 살더라도 자연을 누리게 해 주자

산에 갔어, 엄마랑 둘이.
정발산.
아람누리 뒤에 있는 길로.

엄마가 어릴 때 시골에서
큰이모랑 외삼촌이랑 낙엽 긁어모았다고 했어.
불 피운다고.

좀 올라가다가 힘들어서 내려왔어.

_ 일곱 살 1월 12일

하은이랑 정발산에 갔어.

산에서 청설모를 만났어.
청설모가 우리 앞에서 따라오라는 것 같았어.
그러더니 나무로 올라갔어.

청설모랑 말이 통했으면 좋을 텐데.
'같이 놀자' 하고 싶어.

_ 일곱 살 4월 1일

집 가까운 곳에 산이 있다는 건 정말 좋다. 집에서 조금만 걸어가면 정발산이 있다. 아이들이 오르기에도 힘들지 않을 만큼 다정한 높이인데도, 자연이 줄 수 있는 최대치의 선물을 다 건네주는 고마운 산이다.

같은 산이라도 엄마와 함께 오를 때, 아빠와 둘이 오를 때, 그리고 친구와 함께 오를 때 모습이 다 다르다. 산을 만나는 방법도 다르고, 느끼는 것도 다르다. 맛있는 간식을 잔뜩 싸서 올라간 날이면 더욱 신난다.

청송 깊은 산골 마을에서 태어난 나는 겨울이면 얼음 언 저수지에서 지치도록 썰매를 타고, 집 뒤 산에서 흙을 파내 와 소꿉놀이를 하고, 쌓아 놓은 볏단에 숨어 숨바꼭질을 했다. 찬영이가 비록 도시에 살고 있지만 되도록 자연 가까이 살게 하고 싶었다. 산에 가는 것만큼 좋은 게 없었다.

찬영이가 어린이집도 유치원에도 가지 않던 겨울에는 주로 나랑 둘이 갔다. 산을 오르다가 엄마 어릴 적 이야기도 곧잘 했다. 푹신한 낙엽이 잔뜩 깔려 있는 걸 보고 찬영이만 할 때 언니, 오빠들 따라 갈비 긁으러 다니던 이야길 해 줬다.

"산에서 고기를 줍는다고?"

"아니, 먹는 갈비 말고 땅에 떨어진 소나무 이파리가 갈비야."

"솔잎이 갈비라고? 와하하하."

웃어 대는 아이를 따라 나도 웃고 말았다. 하긴 이 아이가 상상하기엔 너무 먼 세계 이야기다. 갈비를 긁어다 땔감으로 썼다는 이야기를, 어른들은 다른 일로도 너무 바빠 그 정도 일은 아이들이 책임졌다는 시절의 이야기를 호랑이 담배 피던 시절 이야기 듣는 것처럼 놀랍게 듣는다. 찬영이와 나 사이에 가로놓인 40년이라는 차이, 일산과 청송이라는 거리감이 확연하고 또렷하다. 사전에는 '갈비' 항목에 '솔가리의 비표준어'라고 되어 있다. '갈비'를 '솔가리'로 바꿔 말하면 영 그맛이 안 나는데도. 찬영이가 살아가는 동안 한 번이라도 솔가리든, 갈비든, 입밖에 내어 말할 일이 있을까. 그래도 들려준다. 이왕이면 성실하게, 꼼꼼하게, 옆집 사는 일곱 살 친구 이야기처럼 생생하게.

또래와 오르는 산은 또 다르다. 평지에서 마구 내달리던 아이들은 산이라고 다르지 않다. 보이는 모든 것에 참견하고, 들리는 모든 것을 궁금해한다. 높지 않은 산인데도 엄마 둘은 허덕이고, 아이들은 다람쥐처럼 날렵했다. 어딜 가도 사람이 없었는데, 산에 오르니 그래도 제법 사람들이 많다. 코로나19는 두렵지만 봄이 성큼 와 있으니 그럴 수밖에.

동물들도 아이들은 자기들을 해치지 않는다는 걸 아는 걸까. 아이들 앞으로 청설모 한 마리가 쪼르르 지나간다. 별로 서두르지도 않는다. 등산로를 가로지르더니 길 옆 소나무를 오르다 중간쯤 멈춰서 털을 고른다. 설마, 등산객들 김밥이며 간식을 노골적으로 요구하던 오대산 다람쥐들처럼 길이 든 건 아니겠지? 한참 자태를 뽐내는가 싶더니 저만치 높은 가지로 올라가 버렸다. 날개라도 있는 것처럼 이 가지에서 저 가지로 곡예 넘듯 달리는 청설모를 올려다보느라 고개가 아팠다.

산 정상에 있는 정자에 앉아 도시락을 먹었다. 맛있다. 역시, 산에서 먹으니 솜씨없는 내가 싼 도시락도 먹을 만하구나. 새소리에 둘러싸여 귀호강하는 가운데 도시락은 빠르게 비어 갔다. 정자 앞을 좋아라 뛰어다니는 둘을 보니, 나비가 따로 없네. 팔랑팔랑 날갯짓하며 날아다니는 여섯 살 나비, 일곱 살 나비 두 마리, 보고만 있어도 귀하고 어여쁘다. 여기저기 마구 내달리다가 산바람 한자락에 "아, 시원하다." 외칠 수 있는 것만으로도 오늘 임무는 완성인 것 같다.

산에 갔다 온 날, 김윤이 작가의 그림책 《북한산 초록》을 함께 보았다. 그저 책장만 넘겨도 이른봄에서 늦여름까지 연초록 진초록 암초록… 초록의 향연을 맛볼 수 있다. 그 맛을 아이는 잘 모르는 눈치다. 그래도 연신 "정말 좋지?" "우와~" 하면 못 이기는 척 따라온다.

"사계절 색깔이 달라지는 순천만 그림책도 있는데, 볼래?"

"싫어. 이번엔 내 책!"

단호하게 끊고 《엉덩이 탐정》을 들고 오는 일곱 살이다. 언제는 엄마 책장에 있는 책도 전부 찬영이 거라더니, 《북한산 초록》은 엄마 거란다. 뭔가 제 나름의 기준이 있는 모양인데, 일단은 개입하지 않으려 노력한다. 《이빨 사냥꾼》을 처음 봤을 때 좀 무서워하는 듯해서 안방 책장으로 옮겨 놓았는데 텔레비전에서 코끼리 사냥하고 그 앞에서 사진 찍는 사람들 이야기가 나오는 걸 보고 "엄마 그 책 어딨지? 아기가 코끼리 된 거?"라고 물었다. 처음엔 무슨 책인지 못 알아듣다가 한참 생각한 뒤에야 깨달았다. 아이가 열심히 무르익어가고 있음을 느낀 순간이었다. 《북한산 초록》도 아이에게 그런 책이 되었으면 좋겠다. 막상 먹을 땐 심심하지만, 다음 날 아침에 일어나 입맛을 다시게 된다는 슴슴한 평양냉면처럼 그렇게.

북한산 초록
김윤이 글그림 | 초방책방

똑같은 일기만 써도 괜찮아요

"학교 갔다 와서 밥 했다.

꼴 베 와서 소 죽 끓였다.

엄마랑 아부지는 해 진 뒤에 돌아왔다."

"학교 갔다 와서 소 꼴 베러 갔다.

소죽 끓이고 저녁 했다.

밥 먹고 잤다."

큰언니가 중학생 때 쓴 일기입니다. 일기는 그야말로 노동의 연속입니다. 다섯 남매의 둘째로 태어나 밭에 나간 부모님 대신 저녁을 준비하는 것이 큰언니의 일상이었습니다. 날마다 똑같은 날들, 고단한 노동이 이어졌고 언니는 그것을 성실하게 기록했던 것이지요. 스무 살이 넘어 언니의 일기장을 처음 봤습니다. 언니랑 나는 일기장 아무 데나 펼쳐 읽으며, "뭐 이렇게 맨날 똑같은 일만 썼노?" 하며 깔깔거렸습니다.

생각하면 애잔한 일입니다. 그래 봐야 겨우 열네 살 아이가 일곱 식구 먹을 저녁을 책임지고 있었던 것입니다. 그런데도 일기장에는 원망이나 힘든 기색이 하나도 없습니다. 당연하다고 생각했기 때문이겠지요. 마을의 또래 친구 모두가 하는 일이었으니 특별히 힘들다는 자각이 있을 리 없었고 부모님의 고단한 농사일을 모른 척할 수도 없었을 것입니다. 큰오빠는 소 먹이러 나갔다 오고, 작은언니는 그보다 어린 두 동생을 돌보면서 자기 몫을 해내고 있을 때였습니다. 처음 봤을 때는 웃겼는데, 곱씹을수록 그 담담한 일상의 기록이 얼마나 가치 있는 것인가 생각하게 됐습니다.

날이면 날마다 "참 재미있었다." "참 맛있었다." "학교 갔다 와서 친구랑 놀았다."만 반복하는 일기를 쓰는 아이가 있을 것입니다. 똑같은 것처럼 보이는 날이라도 특별한 일이 있다고, 평범한 가운데 특별한 순간을 끌어낼 수 있도록 도와주는 것도 물론 좋습니다. 그러나 동어반복 같은 기록이라도 모이면 의미

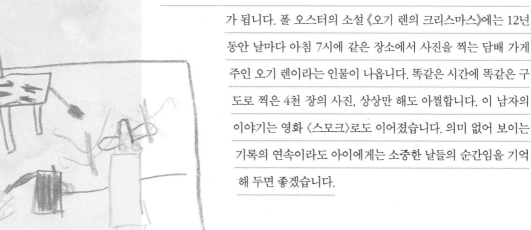

가 됩니다. 폴 오스터의 소설 《오기 렌의 크리스마스》에는 12년 동안 날마다 아침 7시에 같은 장소에서 사진을 찍는 담배 가게 주인 오기 렌이라는 인물이 나옵니다. 똑같은 시간에 똑같은 구도로 찍은 4천 장의 사진, 상상만 해도 아찔합니다. 이 남자의 이야기는 영화 〈스모크〉로도 이어졌습니다. 의미 없어 보이는 기록의 연속이라도 아이에게는 소중한 날들의 순간임을 기억해 두면 좋겠습니다.

고양이는
정말 좋아!

동물을 장난감으로 여기지 않게

고양이 그렸어.
유치원에서 집에 오다가
주차장에서 같이 봤잖아.
다리 다쳤던데, 엄청 아파 보였어.

고양이 키우고 싶어.

방석에서 자고 있는 고양이도 그렸어.
아기 고양이야.

_ 일곱 살 4월 12일

아이도 어리고, 사는 곳도 아파트라 반려동물을 키울 엄두를 내지 못했다. 강아지 산책시키는 사람들을 늘 보게 되니 "우리도 강아지 키우면 안 돼?" 소리는 꽤 여러 번 했지만 고양이를 키우자는 소리는 하지 않았다. 그러다 제주에 사는 아는 이모네 놀러 갔다가 그 집에 사는 매력덩어리 고양이에게 푹 빠지고 말았다. 놀아 달라고 자꾸 쫓아다니면서 귀찮게 하니 고양이가 찬영이를 발톱으로 할퀴고 도망가는데도 아랑곳없이 따라다녔다. 대책없이 빠져드는 모습이 한눈에 보였다. 괴산의 작은 서점 "숲속책방"에서 우아한 고양이 "공주"랑 "나비"를 만나고 온 뒤에는 오래도록 그 고양이들 이야기를 했다. 도깨비바늘을 털 가득 붙이고 다니던 "공주" 이야기를 몇 번이고 하더니, 고양이들이 숨어 지내는 아지트를 발견한 일은 무슨 모험이라도 하고 온 것처럼 들려주곤 했다.

"우리도 고양이 키우자, 응?"

친구들도 못 만나고 집에서 엄마랑만 있으니 부쩍 그런 소리를 더했다. 결국은 내 일이 될 것이 뻔하니 결심을 하기 힘들었다. 자기가 밥도 주고, 똥도 치우고, 물도 챙겨 주고 다 할 거라고 큰소리는 쳤지만 힘든 일이었다. 고양이라면 질색을 하는 아이 아빠 생각도 해야 했고, 무엇보다 우리 식구보다 먼저 보내야 할 것이 분명한 누군가를 키우게 되는 일이 두려워서이기도 했다. 오래도록 고양이 엄마로 살고 있는 친구를 보면서 아프게 깨달은 일이다.

"엄마는 몽실이 키웠으면서 왜 나는 안 된다고 해?"

"몽실이"는 내가 초등학생 때 키웠던 다람쥐 이름이다. 공원 관리 사무소에서 일하던 아버지가 혼자 떨고 있는 아기 다람쥐를 데려온 적이 있다. 그때 얘기를 《내 친구 몽실이》라는 책으로 만들었다. 그걸 읽어 줬더니 하는 소리다. 나름 논리적인 반박이었지만 몇 번을 생각해 봐도 지금 내 상황에 고양이 입양은 힘든 일이었다.

3월이 되어 집 가까운 유치원에 다니기 시작했다. 걱정은 많았지만 걱정에 붙들려 있어 봤자 뾰족한 수가 불쑥 솟아날 수 있는 상황이 아니었다. 돌봄 신청을 하고 유치원에 보냈다. 코로나19는 무서운 재앙이었지만, 아이가 새로운 장소에 적응하기에는 정원의 10분의 1쯤 되는 아이들만 나오는 그때가 훨씬 좋을 것 같았다. 아이들과도 덜 부대낄 것 같고, 선생님들도 더 잘 챙겨 주실 수 있을 테니까.

걱정과 달리 찬영이는 무척이나 신나게 놀았다. 끝나는 시간 맞춰 데리러 갈 때마다 "왜 이렇게 일찍 온 거야?" "내일은 늦게늦게 데리러 와." 했다. 다니기 싫다고 하면 입학 때까지 그냥 내가 데리고 있어야겠다, 생각하고 있었는데 얼마나 감사한 일인지 모른다.

아이 걸음으로 10분이면 충분한 길을 오가면서 계절의 변화를, 시간의 흐름을 넘치게 누렸다. 유치원에 갈 때는 종종걸음으로 서두르기 일쑤지만 집에 오는 길은 상대적으로 여유가 있다. 유치원을 둘러싼 동네가 걷기엔 그만이라, 일부러 멀리 돌아서 집으로 가곤 했다. 그런 어느 하루에 볕 좋은 자리를 차지하고 앉은 길고양이 네 마리를 만났다. 나른하게 늘어져서 낮잠을 즐기는 녀석들을 그냥 지나칠 리가 없지. 쪼그리고 앉아 열심히 쳐다보는 아이를 말릴 수가 없어서 나 역시 땡볕 한가운데 서 있을 수밖에 없었다. 그런데 그 가운데 한 마리가 걸음걸이가 영 이상했다. 자세히 보니 오른쪽 뒷다리에 붕대를 감고 있다. 사고가 있었던 모양이고, 다행히 누군가 치료를 해 준 모양이었다.

길에서 사는 고양이가 겪어야 하는 어려움은 한두 가지가 아니다. 배고픔과 학대, 사고 위험은 일상이다. 고양이를 바라보는 시선도 다양하다. 길들여지지 않는 본성을 혐오하는 사람이 있는가 하면, 살뜰히 챙겨 중성화수술을 시켜 놓아 주는 이들도 있다. 싫든 좋든 우리 주변에 함께 살아가고 있다는 것만은 분명하다.

그림책 《콰앙!》에서는 고양이의 교통사고를 대하는 사람들의 태도가 어떤지를 적나라하게 보여 준다. 판단하거나 충고하거나 하지 않고 담백하게 사실만을 보여 주는 작가의 화법이 감정을 툭 건드리는 책이다. 관찰자인 아이가 보기에, 사람이 다쳤을 때는 구급차가 달려오고 사람들이 뛰어와 모두 걱정했는데 고양이가 차에 치었을 때는 구급차도 오지 않고 걱정하며 달려오는 사람들도 없는 것이 몹시 이상하다. 그 이상함을 이상함으로 받아들이지 못하는 사는 것이 우리의 현실. 달리 보게 해 주고, 새로운 시선을 던져 주는 그림책 작가들을 새삼 귀하게 여겨지게 하는 그림책이었다.

콰앙!
조원희 글, 그림 | 시공주니어

책과 함께
하룻밤

아빠와 함께 읽는 그림책

책이 엄청 많은 집에 갔다 왔어.
아빠가 그림책 읽어 줬어.
다섯 개 읽어 줬어.
텐트에서 읽으니까 더 재미있었어.

개구리 소리 들렸어.
불 끄고 누웠더니 깜깜하더라.

_ 일곱 살 5월 4일

괴산 "숲속책방", 용인 "생각을담는집", 강화 "바람숲도서관", 책방 "시점" 같은 곳으로 하룻밤 책 여행을 다녔다. 도시를 끄고 자연을 켤 수 있는 장소에서 책과 함께 보내는 하룻밤을 찬영이의 일곱 살 여행 테마로 삼았다. 찬영이에게 "숲속책방"은 두 마리 고양이로 기억되고, "생각을담는집"은 개구리 잡고 놀았던 곳으로 남았다. "바람숲도서관"은 텐트에서 책 읽은 집으로 남았네. 어릴 때도 아빠가 그림책 많이 읽어 줬는데 이번 여행은 텐트 속 그림책 덕분에 좀 더 특별하게 느껴졌던 모양이다.

아빠 목소리를 들려주는 게 태교에 좋다는 육아서가 많다. 아이가 진짜 아빠 목소리를 기억할 수 있는지는 모르겠지만 엄마에게 위안이 되는 시간인 것은 확실하므로 뱃속 아가에게 아빠가 그림책을 많이 읽어 주면 좋겠다. 아이가 태어난 뒤에는 아빠 역할이 더욱 커진다. 엄마가 읽어 주는 그림책과 아빠가 읽어 주는 그림책은 결이 다르다.

아빠는 일단 글자가 많은 그림책을 고르면 "이건 어때?" 하면서 요령껏 다른 책장으로 옮겨 갔다. 아빠도 즐거워야 그림책 읽어 주는 시간이 길어질 수 있다. 아빠도 아이도 만족했던 그림책으로 이원수의

시에 김동성이 그림을 그린 《고향의 봄》 그림책을 꼽을 수 있겠다. 글로 읽어 주지 않고 노래로 읽어 주기 참 좋은 그림책이다. 때로는 침대 벽에 기대서, 때로는 둘이 나란히 누워서, 때로는 엎드려서 보았다. 아이는 아름다운 그림을 들여다보면서 아빠 목소리에 빠져들었다.

그러나 아이가 자라면서 그림책보다는 칼싸움을 하거나 레고로 스타워즈 놀이를 하는 데 더 열중하기 시작했다. 다스베이더 레고를 들고 "아임 유어 파더~"를 외쳐대거나 광선검을 휘둘러대는 아빠를 쫓아다니느라 그림책은 좀 뒷전이 되었다. 아빠랑 실컷 놀고 나면 책 읽어 주면서 잠자는 건 엄마랑 같이, 가 일상이 되어 갔다. 아빠가 약속이 있어 늦는 날이면 "아빠 미워! 다시는 안 놀아 줄 거야!" 하기 일쑤였다. 아빠에게 기대하는 것은 그림책을 보는 정적인 시간이 아니라 몸으로 노는 시간이었다.

그런데 "바람숲도서관"에서 하룻밤을 보내면서 오랜만에 아빠랑 그림책 이것저것 골라 읽은 시간이 아이도 퍽 좋았던 모양이다. 엄마가 읽어 주는 책도 좋지만 아빠가 읽어 주는 그림책도 좋다. 보기 좋은 풍경이다.

"찬영아, 우리 이제 글자 좀 배워 보는 거 어때?"

한글은 학교 가서 배우면 된다고, 글자를 빨리 알면 알수록 잃는

게 더 많다고, 기다리자고 합의를 했으면서도 "이것도 읽어 줘!" "이것도!" "저것도!" 하기 시작하면 아빠는 한 번씩 그런 말을 한다. 그럴 때마다 아이는 외친다.

"싫어. 왜 나한테 공부하라고 해? 어린이는 노는 게 일이야."

누굴 탓하겠는가. 어린이는 노는 게 일이라는 걸 알려준 게 우리인 것을.

그림책 《도서관에 간 사자》에는 제목 그대로, 도서관에 놀러 온 사자가 등장한다. 얌전히 앉아 아이들과 같이 이야기를 듣던 사자를 금세 사랑하게 된 아이들이 묻는다. "조용히 하겠다고 약속하면 사자가 내일 이야기 시간에 와도 되나요?" 그러자 관장님은 "그래, 착하고 얌전한 사자라면 당연히 또 와도 되지." 대답했다. 아이들의 사랑을 받고, 도서관 일도 곧잘 돕는 사자가 딱 한 번 규칙을 어기게 되었으니, 관장님이 쓰러졌다는 것을 알리기 위해 맥비 씨에게 달려갔을 때였다. 친구를 돕기 위해 규칙을 어긴 사자는 도서관을 떠날 수밖에 없었다. 도서관에서 지켜야 할 규칙에 대해 이토록 다정하고 알기 쉽게 알려 주는 사랑스러운 책이라니! 아이들이 책과 도서관을 친근하게 생각할 수 있게 하는 멋진 책이다.

찬영이 사자 역시 도서관에 가면 으르렁거리고, 뛰고, 큰소리로 엄마를 부르고, 뭐 먹을 게 없나 두리번거린다. 그래도 몇 번이고 알려주면 자리에 앉아 엄마가 주는 책을 넘기면서 그림을 열심히 들여다본다. 그러고는 "또 재미난 책 없어?" 묻는다. 꼭 지켜야 할 규칙만 지키면 그 많은 재미난 책을 얼마든지 읽을 수 있는 곳이 도서관이다. 그얼마나 멋진 곳인가! "바람숲도서관" 북스테이에서 보낸 하룻밤이 아이에게 남긴 좋은 기억이 도서관을 오래도록 사랑하는 아이로 만들어주었으면 좋겠다.

도서관에 간 사자
미셸 누드슨 글, 케빈 호크스 그림
홍연미 옮김 | 웅진주니어

추억만 가지고
돌아오기

자연을 만나는 태도에 대해

바다 다녀왔어.
꽃게랑 고둥 잡았어.
꽃게가 나 깨물어서 아팠어.
집에 올 때는 다 놔줬어.

갈매기들한테 새우깡도 줬어.
던져 주니까 막 물어 가더라.
다음에 또 가고 싶어.

꽃게도 잡고 물고기도 잡을래.

_ 일곱 살 5월 2일

찬영이가 처음 본 바다는 을왕리였다. 집에서 한 시간이 안 걸린다. 인천공항 고속도로를 이용하니 막힐 일이 없어 편하게 다녀올 수 있다. 세 살 때 처음 바다에 갔을 때 아이는 욕심껏 조개를 줍고, 작은 게를 잡았다. 아무래도 몸 안에 먼 옛날부터 전해지는 채집 본능이 양껏 살아 있는 게 분명했다. 두 시간쯤 신나게 놀고 이제 그만 놓아 주고 놀아가자고 했다. 아뿔싸! 가기 전에 미리 얘길 했어야 하는데, 아이는 도무지 엄마 말을 이해하기 힘들었던 모양이다. 자기가 그렇게 힘들게 잡은 걸, 신나게 잡은 걸 놓고 가자고 하는 엄마가 엄청 원망스러웠던 모양이다.

"그거 가지고 가도 다 죽어. 집에서 못 키워. 그리고 다 아가들이잖아. 엄마 게가 엄청 슬퍼할걸?"

어떤 말을 해도 소용이 없었다. 다 데리고 가겠다며 엉엉 우는 아이를 달랠 수가 없었다. 곤충 채집통 가득 돌이랑 조그만 뻘게, 조개들을 담고 돌아왔다. 집에 와서도 계속 이야기를 했다. 밤이 되어 잠자리에 들 때, "찬영이도 혼자 자기 힘들지? 저기 조개랑 게들도 엄마랑 떨어져서 자려니 얼마나 무서울까?" 이야기를 했다. 어리니까, 한 번이니까 괜찮다 생각할 수도 있지만 그 한 번이 반복되면 아이가 살아 있는 것들의 존귀함을 모르는 사람이 될까 봐 무서웠다. 지금 돌아보면 이제 막 세상을 알아가기 시작하는 아이에게 제대로 이해시키고 싶다는 마음이 앞섰던 나 역시 그리 훌륭한 자세는 아이었던 것 같다. 밀어붙이는 엄마가 아이는 얼마나 부담스러웠을까. 아무튼 그때는 지금보다 더 서툰 엄마였기 때문에 그랬던 것 같다.

"엄마, 나 쟤들 데려다 줄래."

아침이 되어 어제보다 움직임이 현저히 둔해진 동물들을 보더니 찬영이가 먼저 말했다. 다행이었다. 아침 먹고 다시 바다로 갔다. 놓아 주고 돌아오는 길은 어제보다 한결 마음이 편했다. 바다에서 잡은 조개랑 게들이 차 안에서 죽거나 시들시들해지면 고속도로 휴게소 쓰레기통에 망설임 없이 버리는 가족들 이야기를 들었다. 최소한 내 아이는 그러지 않았으면 싶었다. 잘 놀고, 감사한 마음으로 돌아오면 자연은 언제나 그곳에서 같은 모습으로 반겨 줄 테지만 나 아닌 다른 생명을 대하는 방식을 제대로 배우지 못한 이들의 잘못된 행동이 반복된다면 그 결과는 달라질 것이다.

그 뒤로도 아이는 뭔가를 잡아서 채집통에 넣어 오고 싶어하는 마음을 내비친다. 그렇지만 처음과 같은 실랑이는 다시 하지 않는다. 그저 즐겁게 놀다가, 감사한 마음으로 돌아오자. 그것이 엄마가 반복해서 이야기하는 것들임을 어쩔 수 없이 새기고 있는 것이다.

나는 환경단체 "녹색연합" 후원회원이다. 20년 가까이 거르지 않고 열심히 후원금을 내고 있다. 실업자로 지낼 때도 후원금은 끊지 않았다. 그렇게라도 해야 지구에 민폐 끼치며 사는 일상을 조금이라도 보상할 수 있는 것처럼 여겨졌다. 아이가 다섯 살 때 "녹색연합 후원의 밤"에 데리고 갔다. 엄마가 오랫동안 후원한 아름다운 단체를 소개해주고 싶었다. 오래전 그만둔 일터지만, 여전히 익숙한 얼굴들이 많아서 반가웠다. 아이는 행사장 잔디밭을 뛰어다니는 데만 열중하다가 영상에서 코에 빨대가 꽂힌 거북이가 보이자 집중하기 시작했다. 그때부터 아이는 빨대만 보이면 얘기한다.

"엄마, 거북이가 아야 하겠다."

그러면서 요구르트를 먹을 때도 빨대를 쓰지 않고 뚜껑을 열어서 먹어 보려 애쓴다. 요즘은 좀 해이해진 것 같기도 하지만. 그래도 코에 빨대가 끼여 괴로운 비명을 지르던 거북이의 고통에 공명했던 기억은 어느 순간 현실로 불려 나와 찬영이의 행동에 어떤 식으로든 영향을 끼칠 것이라 기대한다.

몽골의 사막화를 막기 위해 몽골에 나무를 심고 가꾸는 일을 하는 "푸른아시아"에서 진행하는 나무 심기 프로그램에 참여한 적이 있다. 단순히 나무를 심는 데서 그치지 않고 그 지역의 몽골 사람들을 고용해 나무를 가꾸는 일을 맡기기 때문에 지역사회에 공헌하는 의미도 컸다. 구덩이에 나무를 심고, 어린 나무가 잘 자라기를 바라면서 몇 번이고 양동이에 물을 길어 날랐다. 몽골 아이들과 함께 보낸 초원의 며칠은 지금도 생생하다. 그때 일을 《나무 심으러 몽골에 간다고요?》라는 그림책으로 만들었다. 찬영이에게 읽어 줄 때마다 말했다. 엄마는 찬영이가 나무를 자르는 사람보다는 나무를 심는 사람이 되면 좋겠다고. 나중에 엄마가 심은 나무들이 얼마나 자랐나 같이 보러 가면 좋겠다고. 숲의 나무들이 한 그루씩 사라져 가는 것을 실감나게 확인할 수 있는 그림책 《나무늘보가 사는 숲에서》랑 같이 읽어 주면 딱 좋다.

태도는 한순간에 만들어지지 않는다. 문을 열고 들어갈 때 뒤에 누군가 오고 있지 않은지 돌아보고 아이나 짐을 둔 누군가가 오고 있다면 가만히 문을 잡아 주는 배려는 여러 번의 반복에서 만들어지는 태도다. 약한 이들을 보호하는 태도, 함께 살아가려는 태도, 나의 이익보다 공동의 선을 위해 노력하는 모습은 한 번의 결심이나 행동으로 만들어지지 않는다. 아이보다 앞서 걸어가는 어른들의 태도가 중요한 까닭이다. 그래서 세상에서 제일 무서운 것이 나를 보고 있는 아이의 눈이다. 모든 것을 빨아들이겠다는 기세로 반짝반짝하는 눈.

윤태호의 만화 《미생》을 바탕으로 만든 드라마에서 장그래의 상사였던 오상식은 장그래를 두고 이렇게 말한다.

"애는 쓰는데 자연스럽고, 열정적인데 무리가 없어요. 어린 친구가 취해 있지 않더라고요."

찬영이가 어떤 태도를 가진 어른이 될지, 오늘의 작은 선택들이 완성되어 가는 모습을 잘 지켜보고 싶다.

나무 심으러 몽골에 간다고요?
김단비 글, 김영수 그림 | 웃는돌고래

나무늘보가 사는 숲에서
아누크 부아로베르, 루이 리고 글, 그림
이정주 옮김 | 보림

거짓 일기에 놀라지 마세요

초등학교 4학년 때 일입니다. 그때만 해도 학교에서 일기 검사를 하는 것은 당연했는데요. 선생님 책상에는 언제나 아이들 일기장이 펼쳐져 있었고, 가끔은 선생님이 누군가의 일기를 반 아이들에게 읽어 주기도 했습니다. 잘 쓴 일기를 널리 알리려는 뜻이었겠지만 그런 일들을 통해 일기는 자신의 삶을 기록하는 도구가 아니라 보여 주고 칭찬받기 위한 수단이 되고 있었습니다. 진짜 솔직한 이야기는 쓰지 못하고, 선생님이 보고 어떻게 생각하실지 가늠해서 적는 일기, 그것이 열한 살 초등학생 일기장의 현실이었습니다. 학기 초, 선생님과 아이들이 서로를 탐색해 가던 시기에 그런 일기를 쓴 것 또한 같은 맥락이었을 거예요. 식목일 언저리에 나는 이런 일기를 썼습니다.

"뒷산에 나무를 심으러 갔다.

오리나무, 소나무, 도토리나무, 대나무를 심었다.

스무 그루 심었다.

잘 자라면 좋겠다."

지금 다시 봐도 얼굴이 화끈거립니다. 아이고, 오리나무가 웬 말이냐고요. 아는 나무 이름 다 대면서 나무를 심었다는 거짓말을 뻔뻔하게 써 놓았습니다. 그때의 나는 식목일에 나무 스무 그루 정도는 심는 집의 아이로 보이고 싶었던 모양입니다. 선생님은 나를 불러 물었습니다.

"나무 많이 심었네. 누구랑 심으러 갔노?"

"아부지랑요."

그때 선생님 표정이 어땠는지는 기억나지 않습니다. 다만 그 질문을 받았을 때 가슴 밖으로 튀어나올 만큼 쿵쾅거리던 심장 소리, 태연해 보이려고 주먹을 꼭 쥐고 안간힘을 썼던 기억은 또렷합니다. 그리고 느꼈습니다.

'아, 선생님은 아는구나. 내가 거짓말을 하고 있다는 걸.'

그러나 솔직하게 말하질 못했습니다. 그런 용기는 없었어요. 선생님은 나를 혼내지 않으셨고, 자리로 돌아가라고 했습니다. 그러나 그것으로 충분했습니다. 거짓을 쓰면 어른들은 용케 안다는 걸 알게 된 열한 살의 나는 그전의 나로 돌아갈 수 없었습니다. 일기장에 더는 거짓 이야기를 쓰지 않게 되었습니다.

아이들은 이렇게 빤한 거짓말을 합니다. 들키지 않을 거라고 믿고, 모두를 속일 수 있을 것이라 믿습니다. 심각한 거짓말이 아니라면 과하게 혼낼 필요는 없는 것 같습니다. 그저 한마디만 해 주면 됩니다. "그런 일이 있었어?" 짚어 주기만 해도 아이들은 느낍니다. '아, 엄마가 알고 있구나.' 그때 선생님이 나를 크게 혼내셨거나 아이들 앞에서 창피를 주셨다면 오히려 반감만 남았을 거예요.

아이가 일기에 없던 일을 쓰더라도 놀라거나 혼내지 말아 주세요. 그 순간 아이에게 그것은 현실이거나, 현실이 되었으면 하는 바람이거나, 꿈에서 본 실제 상황일 수도 있으니까요. 남을 비방하거나 해가 되는 내용이 아니라면 아이의 거짓 일기에 눈감아도 괜찮을 것 같습니다.

안녕,
나는 이찬영이라고 해

멀리 있는 낯선 이와 친구가 되는 법

안녕? 나는 이찬영이라고 해.

땅 위로 나올 수 있니?
발은 있니?
너는 물속에서 뭘 먹고 사니?
그리고 어떻게 물을 뿜니? 얼만큼 높이 뿌릴 수 있니?
너 혹시 고래상어랑 싸울 수 있니?

나는 땅에서 걸을 수 있어.
왜냐면 다리가 있기 때문이지.

이제 편지는 끝이야.
잘 가.

찬영이가.

_ 일곱 살 5월 22일

아이가 기침을 한다. 아침저녁으로 서늘하고 낮에는 따뜻한 날들. 일교차가 심해지자 감기에 걸리고 말았다. 환절기에 늘 겪던 일인데, 때가 때인지라 '혹시, 코로나?' 하는 의심이 솟구친다. 지난 며칠간 어딜 다녔는지, 누굴 만났는지, 머릿속으로 휘리릭 지나가는 불안의 징후들. 다행히 열은 없어서 다니던 소아과에서 약을 처방받고 아이를 유치원에 보내지 않기로 했다. 최소 일주일은 집에서 지내는 것이 좋을 것 같다. 기침이라도 하지 않게 되면 다시 보내야지.

사실, 그 일주일이 같이 보낸 지난겨울 두 달보다 더 힘들었다. 모르고 겪은 두 달과 알고 겪어야 하는 일주일의 차이랄까. 외식도 신경쓰이고, 놀러 갈 마땅한 곳도 없고, 아프니 할 수 있는 일도 많지 않았다. 그러니 블록과 그림과 그림책을 오가며 시간을 보냈다. 책을 읽어주면서 아이가 몇 달 사이에 부쩍 자란 것이 느껴져 신기했다. 책 속 주인공들과 좀 더 역동적으로 관계를 맺게 된 느낌. 그걸 확인할 수 있는 시간이라 힘들었지만, 또한 감사했다.

고래 그림은 《안녕, 나는 기린이야. 너는?》 책을 읽고 나서 그린 것이다. 이제 막 글을 읽기 시작한 아이들도 재미있게 읽을 수 있고, 글 분량이 많지 않아 아이들에게 읽어 주기 딱 좋은 책이다. 아프리카 초원에 사는 심심한 기린이 '세상에 둘도 없는 친구'를 사귀고 싶어졌다. 기린은 펠리컨에게 부탁해 지평선 너머 펭귄에게 "안녕, 나는 아프리카에 사는 기린이야. 목이 아주아주 긴 걸로 유명해. 너에 대해 알려 줘." 하는 편지를 보냈다. 펭귄은 고래 선생님의 도움을 받아 답장을 쓰고, 둘은 편지를 주고받는 동안 서로가 더욱 궁금해져 기린이 펭귄을 만나러 가기로 약속하게 됐다.

펭귄이 알려 준 그대로, 편지에 묘사된 그대로 꾸며 펭귄 마을로 간 기린은 자신의 변장이 펭귄과 조금도 닮지 않았다는 걸 알게 됐지만, 상관없었다. 둘은 얼굴을 마주 보고 킥킥, 쿡쿡 웃음을 터뜨릴 뿐이었다. 책은 고래의 편지로 끝난다.

"나는 고래곶에 사는 고래라고 해. 몸 전체가 거의 머리야. (…) 너에 대해서 알려 줘."

책장을 덮자마자 찬영이가 "나, 고래한테 편지 쓸래!" 소리쳤다. 깜짝 놀랐다. 책의 흐름상 그것이 자연스러운 반응이기는 했지만 몇 달 전에는 그저 웃긴 소리, 의성어, 의태어, 자극적인 장면들에 더 집중하던 아이였다. 고래 그림을 커다랗게 그리더니, "엄마, 내가 부를 테니까 써 줘!" 하면서 자못 비장했다. 물론 이 나이 아이를 둔 부모라면 다들 짐작하겠지만, 진지한 부분은 아주 짧았다. 일기에 다 쓰지 않은 쉼 없는 질문들이 이어졌다.

"니 똥꼬는 어디 있니?"

"똥은 싸 봤니?"

"오줌 싸면 어떻게 돼?"

똥이랑 오줌, 방귀를 빼면 이야기가 안 되는 일곱 살 남자아이답게 고래에게도 똥오줌 이야기를 계속 물어본다. 그리고 끝도 없는 싸움 질문이 이어진다.

"플랑크톤이랑 싸워 봤니?"

"펭귄이랑 많이 친해?"

"갈매기랑 싸워 봤니?"

"바다표범이랑 싸워 봤니?"

아이고, 머리야.

그래도 기뻤다. 책 속의 인물과 감응하기 시작한 것이 대견했고, 자기 자신을 소개하려 시도하는 게 신기했고, 궁금한 게 그렇게 많은 것도 놀라웠다. 고래랑 만나면 할 말이 엄청 많아서 곧장 수다 삼매경에 빠져들 것이 분명했다.

멀리 있는 낯선 존재와 알아가고 마음을 나누는 날들이 찬영이에게도 오겠지. 그날이 왔을 때 엄마보다 덜 서툴게, 실수는 적고 공감은 많은 사귐을 다양하게 누려 주면 좋겠다. 그냥 먼저 다가가 "안녕?"이라고 인사하는 것, 그걸로 족하다는 것을 나보다 더 빨리 알아내 주면 좋겠다.

안녕, 나는 기린이야. 너는?
이와사 메구미 지음, 다카바타케 준 그림
고향옥 옮김 | 현암주니어

엄마아빠는
내가 골랐어

뱃속의 일까지 기억하는 아이를 존중해 주자

이게 엄마, 이게 물고기야.
이 물고기 이름이 뭐라고 했지, 엄마?

엄마가 커다란 물고기를 타고 노는 꿈을 꾸고 나서
내가 엄마한테 왔어.
그럼, 이 커다란 물고기가 찬영인가?

엄마, 물고기 타는 거 무섭지 않았어?

_ 일곱 살 5월 30일

유치원에서 태몽을 그림으로 그려 오라고 했단다. 여섯 살 때 어린이집에서도 똑같은 활동을 했다. 한 해 전만 해도 엄마가 대신 그린 태몽 그림을 들고 가야 했는데, 일곱 살이 되자 혼자 힘으로도 거뜬하다.

아이는 자기 이야기라면 뭐든지 다 좋아한다. 태몽 이야기, 태어날 때 엄마랑 아빠가 얼마나 행복했는지, 엄마가 건강하게 아기를 낳기 위해 요가도 하고 날마다 열심히 걷고 그렇게 좋아하는 커피도 안 마시고 여름날 맥주 한잔도 포기했다는 이야기를 들려주면 '내가 그렇게 소중했어?' 하는 눈빛으로 엄청 집중해 듣는다.

찬영이가 우리에게 온 계절은 여름이었다. 많이 더웠던 어느 여름날, 엄청 커다란 잉어를 타고 푸르디 푸른 강물 위를 헤엄치던 꿈을 꾸었다. 설마 태몽일까, 싶었다. 아무에게도 이야기하지 않았다. 결혼한 지 5년이 넘는 시점이었고, 그때 내 나이 마흔이었다.

그 며칠 전엔가는 친구에게 전화가 왔다. 복숭아가 가득 든 바구니를 나한테 건네주는 꿈을 꾸었단다. 좋은 일 있는 거 아니냐며 묻는 친구에게 "그런 거 없어." 하고 전화를 끊었다. 임신테스트기를 쓸 때마다 기대와 실망이 반복되어 온 터라 기대하지 말자, 하는 마음이 앞섰다.

그리고 또 다른 친구에게 전화가 왔다. 우리집 부엌에서 불길이 활활 타오르는 꿈을 꾸었는데, 이건 아무래도 특별한 꿈 같다며 그 꿈을 나더러 사란다. 하하 웃으며 만 원을 주고 꿈을 샀다. 이번에는? 하는 마음이 들었다. 그리고 찬영이가 우리에게 왔다는 것을 알게 되었다.

"하늘에서 이렇게 보고 있다가 엄마가 보여서 내려온 거야."

찬영이는 스스로 엄마 아빠를 선택해서 온 거라고 말한다. "엄마한테 와 줘서 고마워" 하고 건넨 인사가 아이에게 이런 말을 하게 한 건지, 우리가 함께 본 어느 그림책이 아이에게 이런 생각을 심어 준 것인지는 모르겠다. 다만 다른 누구도 아닌 찬영이가, 모자라고 부족한 엄마와 아빠를 기꺼이 선택해 주었다는 그 사실만이 감사할 따름이다.

《아기는 뱃속의 일을 기억하고 있다》는 책이 있다. 산부인과 의사인 저자가 두 살부터 일곱 살까지의 아이를 둔 엄마 79명과 나눈 이야기를 바탕으로 쓴 책이다.

저자는 엄마들이 아이와 나눈 대화를 통해 아기들이 뱃속의 일을 기억하고 있다는 결론을 내렸다. 물론 태어난 뒤에 어른들이 나누는 이야기를 듣고 아이에게 이식된 기억일 수도 있다. 그렇다 하더라도 엄마와 아빠의 감정에 한껏 공감해 주려는 아이들의 노력이 드러난 결과를 무시할 수 있는 부모는 없을 것이다.

"태어나고 싶지 않아서 태어나지 않은 아이가 있었습니다."
사노 요코의 그림책 《태어난 아이》는 이렇게 시작된다.
태어나지 않은 아이는 태양 가까이 가도 뜨겁지 않았고, 사자가 나타나도 무섭지 않았으며, 강아지가 핥아도 간지럽지 않았다. 태어나지 않았으니 아무 상관이 없다고 하던 아이는 강아지에게 물린 아이에게 엄마가 반창고를 붙여 주는 걸 보고 마침내 태어나기로 결심했다. 반창고가 붙이고 싶어져서 태어나기로 결심한 아이. 지금은 잊어버렸지만, 찬영이도 분명히 태어나기로 결심한 까닭이 있을 것이다.

모든 아이는 자신의 선택으로 엄마와 아빠에게 왔다. 그런 아이들을 학대하고 방임하는 부모라 할지라도 그 사실은 변하지 않는다고 믿는다. 아이들은 사랑받기 위해 온 게 아니라 사랑하기 위해 온 존재들이라 그렇다. 그래서 고통 받는 아이들 이야기를 뉴스에서 볼 때면 더 마음 아프다.

육아를 하다 보면 우울하고 자존감 떨어지는 순간들이 참으로 많다. 그럴 때마다 그 누구도 아닌 내 아이가 고르고 고른 존재가 바로 자신임을 떠올려 보시라. 없던 용기가 솟구칠 것이다. 적어도 나는 그랬다.

태어난 아이
사노 요코 글, 그림, 황진희 옮김 | 거북이북스

추천하는 글 1

삶과 배움이 하나 된 기록, 일곱 살의 그림일기

한희정 (교사, 《초등학교 1학년 열두 달 이야기》 저자)

'중2병'을 달고 산다는, 호환마마보다 무섭다는 열네 살 큰 딸아이가 "심심하다, 심심하다"를 주문처럼 외우며 거실 바닥과 한몸처럼 지내던 지난 여름날이었다. 갑자기 고요해진 거실 풍경에 놀라 뭘 하나 봤더니 어린 시절 썼던 글, 그림, 사진에 푹 빠져 있었다. 어두컴컴한 책방 한구석에서 날이 저무는지도 모르고 말이다.

그날 저녁 밥상은 그 기록에서 퍼 올린 기억들을 소환하느라 무척 풍성했던 기억이 있다. 망각하는 것과 기억하는 것 사이에서 우리 삶은 정주한다. 열네 살 딸아이가 글, 그림, 사진을 통해 망각에서 지난 삶을 끌어냈다면, 나는 이찬영 어린이의 그림일기를 보고 느끼며 지난 여름날의 기억을 건져 올렸다. 그렇게 기록이 주는 힘은 참 대단하다.

우리집 두 아이가 글을 읽고 쓰지 못했을 때 아이의 말과 노래, 엄

182

마의 이야기를 녹음했다. 그 이야기는 엄마가 없을 때나 엄마가 보고 싶을 때 엄마를 대신했고, 잠자리에 들 때는 엄마가 들려주는 자장가가 되었다. 그중에도 단연 으뜸은 엄마가 아빠를 어떻게 만났고, 어떤 데이트를 했고, 어떤 일로 싸웠고, 결혼식에서는 무슨 일이 있었고, 어떤 과정을 거쳐 '너'가 태어났는지를 18분 33초 동안 풀어놓은 이야기였다.

남편은 일주일에 한 번씩 두 딸의 이야기를 듣고 수첩에 받아쓰는 일을 했었다. 어느새 훌쩍 자라 그 기록을 본 열네 살의 딸은 아빠에 대한 기억을 재구성하였다. 독립된 인격체로 자신을 세워 가는 시기, '질풍노도'라는 피상적인 수사가 참으로 그럴싸해 보이는 시기에 '나'의 기록을 통해 스스로의 기억을 갱신할 기회가 있다는 것은 얼마나 소중한가!

한 장 한 장, 찬영이의 그림일기를 넘기며 나도 모르게 따뜻해졌다. 입가에 미소가 번졌고, 한 번 읽기 시작한 원고를 놓을 수가 없었다. 그 이유 중 하나는 발달의 최전선에서 오늘을 살며 배움을 엮어 가는 찬영이의 모습이 아름다웠기 때문이고, 또 하나는 찬영이의 삶을 배움으로 이어 주는 멋진 어른, 김단비 작가의 삶이 아름다웠기 때문이다.

그리고 나 자신이 찬영이의 기록을 통해 지난 기억을 유영하면서 독자로서의 즐거움을 충분히 누렸기 때문이다.

조혜란 작가의 《참새》를 읽고 나서 엄마의 경험을 담아 <아기 새 이야기>를 만들었다는 글을 읽으면서 <별이의 탄생 이야기>를 만들었던 기억이, 초등학교 졸업 선물로 아버지와 함께 서점에 가서 시조집을 골랐다는 이야기에서는 아버지와 함께 텐트를 사러 갔던 기억이 떠올랐다.

그래서 이 책은 참 아름다운 책이다. 오늘을 사는 일곱 살 아이들의 기록일 뿐 아니라 아이의 삶을 통해 자신을 반추하는 엄마의 기록이기도 하고, 삶을 배움으로 이어가는 과정에 징검다리가 되어 줄 든든하고 멋진 책들이 찬찬히 소개되고 있기 때문이다. 지난 기억들이 저절로 떠오르는 마법을 소유한 책이니 1호 독자로서 참 고맙다는 말을 하고 싶다.

이 책의 독자가 손주를 둔 할머니라면 어떤 기억의 보따리를 풀어 놓으실까, 그런 생각도 들었다. 이 책이 매개가 되어 손주에 대한 기억에, 자식에 대한 기억, 그리고 이미 돌아가셨을 부모님에 대한 기억이 서로 엮이고 꼬이며 그들 모두를 기억하는 할머니, 할아버지의 삶을 더 풍요롭게 해 주지 않을까!

아이가 어렸을 때는 통잠을 한 번 자 봤으면 하다가, 아이가 제 앞가림을 하게 되니 주말 아침 늦잠을 자 봤으면 하고, 아이가 글을 읽지 못해 책을 읽어 달라고 하면 혼자 책만 읽을 수 있었으면 하고, 글쓰기가 어렵다고 도와달라고 하면 스스로 줄줄 글을 썼으면 하는 것이 부모의 마음이다. 그러나 어린이는 그런 부모와 어른 덕에 자란다. 부모는 자녀의 다음 발달을 미리 예견하고 기다리고 있는 것이다. 왜냐면, 부모도 그런 경로를 따라 자랐기 때문이다.

인간의 발달이, 어린이의 발달이 인간의 생물학적 계통 발생이나 인류의 사회문화의 역사와 다른 고유성은 현생 인류 발달의 최종 산물인 '어른'이 언제나 옆에 있다는 것이다. 아주 가까이에서, 태어나서 '어른'이 될 때까지 '환경'이 되어 준다. 비고츠키는 이것을 이렇게 표현했다.

어린이 발달의 끝에서, 발달의 결과에서 드러나야 하는 것이 이미 환경에서 처음부터 존재한다는 것입니다. 그리고 그것은 처음부터 환경에서 존재할 뿐 아니라 어린이 발달의 첫걸음에 영향을 미칩니다.

_《성장과 분화》, 레프 비고츠키 글, 비고츠키연구회 옮김, 살림터.

부모, 어른, 교사의 역할이 여기에 있다. 아직 글을 쓰지 못하는 아이가 그림을 그리고 말을 할 때 그것을 글로 기록하고, 아직 글을 읽지 못하는 아이에게 그림책을 읽어 주며 발달의 다음 영역을 예비하는 것이다. 아직 논리적 사고가 발달하지 않은 아이 앞에서 끝까지 이성을 잃지 않고 논리적으로 설명하면서 '어른됨'의 본을 보이는 것이다.

그러나 부모, 어른, 교사의 역할은 '환경'일 뿐 발달의 주체는 아니다. 발달의 주체는 바로 '찬영'이다. 대신해 주는 것이 아니라 예비해 주는 것이다. 환경이 되어야 할 어른이 주체가 되려고 할 때 관계는 어긋난다. 한 번씩 어긋났을 때 어긋남을 자각하는 것은 무엇보다 중요한 어른됨의 덕목이다. 그러니 모두 100점짜리 어른이 될 수 있다고 착각하지 말자. 틀렸을 때 무엇이 틀린 것인지 살펴보고 고치는 것이 진짜 공부라는 걸 우린 이미 다 알고 있다.

이 책의 귀함이 여기에 있다. 일상의 기록을 통한 기억의 갱신을 넘어, 발달의 주체로 선 이찬영 어린이와 그의 환경이 되어 부모 노릇하는 김단비 작가의 '어른됨'의 본이 잘 드러나 있다는 것. 널리 읽히고 쓰이는 책이 되면 좋겠다. 우리 사회의 많은 부모들이 '마주이야기'처럼 마주 기록하기의 달인이 되면 좋겠다.

아이와 함께 자란 엄마의 가슴 뻐근한 고백

홍정욱(교사,《꼭꼭 씹으면 뭐든지 달다》 작가)

통영의 산속에서 이 글을 씁니다. 여기는 책의 주인공인 찬영이 또래의 아이들이 숲속에서 놀이할 수 있도록 꾸민 놀이터이자 학습장입니다. 며칠 전까지 아이들이 울고 웃는 소리가 숲속의 바람 소리나 새소리와 견주던 곳입니다.

새벽에 일어나 아이들이 놀던 숲길을 걸었습니다. 큰 상수리나무에 묶은 그네, 나무 사이를 공중으로 건너다니는 밧줄다리, 아이들이 숨어 들어간 흔적이 남아 있는 바위 동굴을 둘러보았습니다. 풀벌레와 새소리로 짠 옷을 입은 기분입니다.

곳곳에 남아 있는 아이들의 흔적을 봅니다. 아이들이 쌓아 놓은 돌멩이, 나뭇가지로 지은 집, 질척한 땅에 찍혀 있는 한 뼘도 안 되는 발자국까지, 숲에서 아이들의 소리가 귀에 들리는 듯했습니다. 어른들은 그러지요. 아이들이 놀다가 간 자리는 바람도 달다고.

숲에서 돌아와 《일곱 살의 그림일기》를 다시 읽었습니다. 책장을 넘기다가 아이들을 키우던 지난 기억이 떠올라 한참 밖을 바라보기도 했습니다. 내 아이의 이야기도 이렇게 만들 수 있었을 텐데…. 두어 달 쓰다가 흐지부지 그만둔 육아일기가 떠올라 부끄러웠습니다.

이 책은, 어린이 책을 만드는 엄마가 쓴 육아일기라 하겠습니다. 다른 육아일기와 다른 점은, 아이의 몸이 자란 것을 기록한 것뿐만 아니라, 아이의 마음이 자라는 모습을 보고 '가슴 뻐근한 느낌'을 기록한 책입니다. 조금 더하여 말하면 아이와 함께 자란 엄마의 고백이기도 합니다.

세상에 내미는 촉수 같은 아이들이 그은 선 하나, 어른들은 상상하지도 못할 무심코 툭 던지는 한마디 혹은 낱말 하나. 그럴 때마다 아이의 눈망울을 바라보며 찬탄하고 감동했던 경험들. 아이를 키워 본 사람은 누구나 공감할 것입니다. 책에는 이런 내용이 가득합니다. 두어 가지만 살펴봅니다.

엄마랑 아빠랑 결혼했어.
결혼식에 나는 없어.
나도 알아.
아직 나는 엄마한테 안 왔어.

엄마랑 아빠랑 보면서 태어날까 생각하고 있었어.

하! 아이가 느끼는 이 활달한 시공간이라니요. 엄마와 아빠를 보며
태어날까 생각했다는 이 초월적 사랑에 어떤 순서의 논리가 더 필요할
까요? "결혼해 줘서 고마워."라고 말하는 아이의 말에 삶을 더 단정히
살고자 하는 각오를 새롭게 다지지 않을 부모가 어디에 있겠습니까?

청설모가 감을 먹고 있었는데
엄마랑 내가 보니까 도망갔어.
청설모는 나무를 참 잘 타.
이쪽 나무에서 저쪽 나무로 뛰어다녔어.
먹던 홍시 다 못 먹고 도망가서 좀 아쉬웠어.
조금 미안했어.
우리 때문에 청설모가 다 못 먹고 갔으니까.

"엄마, 거북이가 아야 하겠다."
그러면서 요구르트를 먹을 때도
빨대를 쓰지 않고 뚜껑을 열어서 먹어 보려 애쓴다.

옳고 그름을 스스로 깨우치는 아이. 도덕적 기준은 강요에 의해서는 내면화되지 않으며 스스로 느껴서 정한 것이 삶의 울타리가 된다는 것을 우리는 알고 있습니다. 아이들은 보고 느낀 점을 단순하고도 명쾌하게 표현합니다. 이를 통해서 윤리나 도덕이라는 여러 겹의 울타리를 치고도 부끄러움을 숨기기에 급급한 어른들의 처세를 나무랍니다.

아이는 자라는 과정에서 여러 가지 꿈을 꿉니다. 어른들이 보기엔 혼란스러울 정도로 다양하고 간혹 어처구니없기도 합니다. 그러나 그런 과정을 통해 아이는 세상의 규율을 익히고, 자신에게 맞는 미래를 구체화하며 삶 속으로 튼실하게 나아갑니다.

6층 병원을 만들어 1층엔 무료 식당을 차리고 2층 구석방에서 엄마 아빠와 살겠다는 아이. 그 아이에게도 엄마는 용산의 참사를 말합니다. 세상의 모든 부모는 아이의 꿈을 응원하면서도 현실의 세상에 대한 두려움에서 벗어나기 어렵습니다. 그러나 청설모의 식사를 방해한 것을 후회하는 아이는 이미 법질서에 갇힌 어른들의 윤리와 도덕을 넘어서 있습니다. 엄마는 아이의 눈을 통해서 세상의 부조리와 거기에 따라 살아온 부끄러움을 씻습니다. 아이의 자람을 기록하며 오히려 부모가 성장함을 담담히 고백합니다. 가르치는 일은 배우는 일이고 함께 성장하는 일입니다.

　아이들의 삶을 다루는 책은, 언제나 교훈이 밑바탕에 있어야 합니다. 다만, 교훈이라는 단정적 낱말의 폭과 그림자를 잘 살펴야 합니다. 여태 우리가 익숙하게 말한 교훈은 복종이나 종속을 미화하거나, 지나치게 부풀린 환상이나 허망을 이상이라 내세운 적이 많았습니다. 이제 아이들 앞에 내놓아야 할 교훈은 달라야 합니다. 사람이면 누구나 누려야 할 기본적인 권리와 자유, 공동체를 유지하기 위한 개인의 역할, 어떤 이익이든 공유 가치와 지속 가능성을 따져야 합니다.

　이 책은 친절한 안내자의 역할에 충실합니다. 아이가 경험한 일을 기록하고 이와 연관된 어린이 책을 자세히 소개합니다. 비슷한 경험을 했거나 혹은 간접 경험에 그쳤다 하더라고 배우고 느껴야 할 것을 상세히 안내합니다.

　우리 아이들이 살아갈 세상의 모습을 예상하기는 매우 어렵습니다. 당연하다 싶었던, 옳고 그름에 대한 판단 기준도 갈수록 모호합니다. 다양한 매체가 저마다의 논리를 내세워 혼란을 부추기기도 합니다. 이 책은 지은이가 "내 아이에게 읽히고 싶은 책인가 아닌가를 기준으로, 아이가 '이거 우리 엄마가 만든 책이야!' 자랑스럽게 이야기할 수 있는 책을 만들려고 애썼다.” 고 고백하며 만든 책입니다.

책은 다른 사람의 몸으로 내가 생각하는 것이라고 합니다. 책에 나오는 아이의 경험은 누구나 다 따라 하기는 어렵습니다. 그러나 다른 이의 경험을 통하여 얻을 수 있는 것을 찾는 것은 모든 학습의 기본입니다. 이 책은 아이의 경험을 나누고, 그것을 통해 얻어야 할 중요한 교육적 알맹이를 내세우며 함께 고민할 것을 제안합니다. 참으로 고맙고 귀한 책입니다.

아이를 돌보는 부모님들뿐 아니라 유아 교육을 담당하는 교사들에게 훌륭한 지침서가 될 것입니다.